D1700219

As fúrias da mente

Teixeira Coelho

AS FÚRIAS DA MENTE

Viagem pelo horizonte negativo

ILUMI//URAS

Capa:
Fê
sobre detalhe de *Rooms by the sea* (1951), óleo sobre tela [73,7 x 101,6
cm], Edward Hopper, New Haven, Connecticut, Yale University Art
Galery. Legado de Stephen Carlton Clark, B.A. 1903.

Revisão:
Ana Paula Cardoso

Composição:
Iluminuras

ISBN: 85-7321-074-5

1998
EDITORA ILUMINURAS LTDA.
Rua Oscar Freire, 1233
01426-001 - São Paulo - SP
Tel.: (011)3068-9433
Fax: (011)282-5317
e-mail: iluminur@dialdata.com.br

As Fúrias, filhas da Terra e de Urano, também chamadas *filhas da noite*, viviam no Tártaro, o fundo dos Infernos. Tinham por missão punir os crimes dos humanos, em especial aqueles cometidos contra o sangue do próprio sangue. Impiedosas, não aceitavam motivos atenuantes e perseguiam os culpados por toda parte, levando-os à loucura. Eram representadas com rostos severos, ferozes (sangue gotejava-lhes dos olhos) mas atraentes. Tinham asas e, por cabelo, cobras. Às vezes apareciam segurando uma tocha chamejante numa das mãos e, na outra, um punhal.

(Da mitologia clássica)

I fear'd the fury of my mind
Would blight all blossoms fair & true;
And my sun it shin'd & shin'd
And my wind it never blew.

But a blossom fair or true
Was not found on any tree;
For all blossoms grew & grew
Fruitless, false, thou' fair to see.

William Blake

UM

UM dia, ao acordar pela manhã, num pulo *ele* se senta à beira da cama e pela primeira vez admite: *Isso* não é um estado de espírito, é um *problema*. Terrível, declarar-se *com um problema* (*ele* não quer ainda declarar-se *doente)*. É uma sentença inapelável. Quando é uma outra pessoa que o diz, um médico por exemplo, é sempre possível pensar num engano. Ou num logro. Um segundo médico poderá oferecer diagnóstico diferente, e o paciente *escolherá* em qual acreditar. É um *problema*, não é, é uma doença, não é uma doença, é grave, não é grave. O paciente escolhe. Nesse caso, não é só o diagnóstico que vem *de fora:* o próprio mal é de algum modo exterior ao paciente, estranho a *ele*, algo que se infiltra nele contra sua vontade. Quando é você mesmo que se reconhece *doente*, entre a doença e você constrói-se uma identidade indissolúvel. O mal está dentro de você. A doença *é você*. Não há engano algum. *Você* sabe.

Levou tempo para *ele* declarar-se *com um problema* (continua relutando em declarar-se *doente*; aceitaria declarar-se *dolorido*: não deveria bastar?). Não foi uma questão de semanas, meses. Foram anos, desconfia, até que a consciência de que havia algo errado a corrigir, de que havia um *mal* a enfrentar, como se diz, mostrou-se incontornável. Uma vida inteira, provavelmente. Até que um dia, a sentença: estou em depressão. De início, "estar em depressão" lhe parece expressar seu estado com mais força do que dizer "estou deprimido". Mais exato ainda: "tenho depressão". Resiste à tentação de dizer "uma depressão tem a mim" porque seria admitir que a depressão está fora dele e se apossou dele. Não. A depressão está nele, *ele* é a depressão.

Soube de sua depressão por um anúncio numa revista estrangeira. Se você apresenta um ou vários destes sinais, dizia o anúncio, você pode estar em depressão: acordar depois de três horas de sono e não dormir mais, retraimento social, choro fácil, sentimento de culpa, ficar remoendo vezes sem fim os mesmos pensamentos negativos e auto-acusadores, tristeza, abatimento, falta de auto-estima. *Ele* tinha vários daqueles sinais. Quase todos.

Na verdade, não reconheceu a depressão apenas naquele instante, já lera a respeito antes, em outros lugares. Aquele anúncio serviu como interruptor final. E *ele* percebeu que não estava assumindo aqueles sinais como um eventual hipocrondríaco: simplesmente não havia mais como eludir a evidência.

Ler o anúncio uma primeira vez não foi suficiente. Havia uma resistência ao reconhecimento do mal, *ele* supôs. Uma semana depois, ou duas, o mesmo anúncio reaparecia na mesma revista. Como se fosse uma mensagem pessoal, dirigida diretamente a *ele*. Um segundo aviso, segunda chance. Foi nesse instante que pela primeira vez realmente admitiu o inescapável. *Não andava chateado*, como diz o eufemismo que resulta da ignorância ou da tentativa de compromisso que as pessoas ensaiam consigo mesmas quando querem negar a gravidade do problema e ao qual os outros recorrem quando pretendem — por comodismo, por medo de nada poder fazer — não perceber a gravidade da situação em que se encontra quem decide falar-lhes sobre seu estado. *Você anda chateado:* eufemismo insultante, *ele* agora acha. *Ele* não andava *chateado*, não andava *aborrecido*, nem mesmo *estava deprimido*, porque *estar deprimido* é outra expressão ligeira, outra tentativa de descarte: *caíra em depressão*. Enfim reconhecia uma derrota: havia uma parte dele, de seus sentimentos, de suas reflexões e reações, que não mais controlava. Aparentemente contra sua vontade, sentia-se num poço escuro e a *isso*, descobria naquele instante, se dava o nome de depressão.

O anúncio dizia que *isso* era tratável, encorajava a procurar um médico. Foi o que fez — não de imediato. Mais algum tempo teve de passar até a *dor* se tornar dilacerante, insuportável, para que *ele* fizesse uma outra admissão: caíra em depressão e *isso* não iria passar por si só. Alguém teria de ajudá-lo. Contrariamente ao que sempre acreditara, era evidente que não controlava mais seu sistema de emoções e reações e que não teria forças para reagir. Precisaria buscar ajuda. Outro enorme passo a dar.

E então um dia vê a si mesmo diante do médico enfrentando o segundo momento mais terrível: reconhecer perante uma outra pessoa — quer dizer: *confessar* — que está mal, que há alguma coisa errada nele, que não pode fazer mais nada a respeito e que espera ajuda. O que deveria ser um assunto pessoal, o mais íntimo de todos, emerge e é reconhecido em público. Contar para um é como contar para o mundo, em praça pública.

Terrível. Declarar-se doente, primeiro, e depois dizê-lo a um estranho. Sentia-se minúsculo diante do médico, quase um não-existente. Ouvia sua voz expondo sua situação e sua voz, como nas descrições clássicas, não era sua, parecia não ser sua. *Esforçava-se* para que aquela voz não fosse sua, para que aquela voz soasse totalmente estranha a si mesmo. Estava diante do médico e lhe dizia coisas a seu próprio respeito e era como se *ele mesmo* não devesse perceber que era *ele* próprio quem falava. Como se fossem dois especialistas discutindo o caso de um leigo, um estranho, um pobre coitado que não consegue controlar as reações de seu corpo e de sua mente. Haverá nesses dois instantes, declarar-se doente e reconhecer perante o outro sua doença, menos *dor* do que em outros; mas se é possível estabelecer uma distinção entre dor e terribilidade, esses são os dois instantes mais terríveis.

E então, a má surpresa. Pensara que expor o problema claramente, com lucidez, ajudaria no diagnóstico e conseqüente tratamento. Antes de ir ao médico, lera sobre depressão e sobre o que fazer para combatê-la. E estava dizendo ao médico o motivo de tê-lo procurado e o que esperava dele: o recurso à farmacologia. Sua aparente segurança na exposição do assunto que lhe dizia respeito era também, estava ciente disso, uma tentativa inútil de não mostrar-se, diante do médico, um verme absoluto. Podia haver *nele* algo com forças superiores às suas mas ainda não estava totalmente derrotado: podia falar sobre *aquilo* e falar sobre aquilo deveria, imaginava, dar-lhe algum poder sobre aquilo. Desse poder, aliado ao poder do médico, viria a solução. E, nesse instante, a má surpresa: não havia nada a fazer de imediato, o médico receitaria alguma coisa, claro, mas meses se passariam antes de alguma melhora se fazer sentir. Meses! Não quer acreditar. Tenta convencer o médico: E todas as pessoas que tomam essas pílulas e dizem sentir-se imediatamente melhor? Em poucas palavras, o médico derruba o mito em que *ele* chegara a acreditar, em que *queria* acreditar. Tudo *wishful thinking*, típico de quem não está realmente em depressão e vê, na droga, um excitante a mais, um excitante imaginário. Meses, o médico diz. Teria de conviver com *aquilo* por meses ainda.

Desespero.

Durante meses, experimentar não a mente em dissolução, como alguns escreveram, mas a afetividade, os sentimentos em dissolução. Seus pensamentos continuam claros e aguçados, *ele* acha. Aguçados demais, na verdade. Talvez esse fosse o problema, talvez esse tivesse sido *sempre* o problema. Pelo menos, era o que acreditava. Tudo bem com as idéias, o nó estava nos sentimentos. O choque entre sentimentos contrários acontecia dentro do peito inúmeras vezes por minuto, a intervalos regulares e a intervalos irregulares, e a explosão resultante gerava uma dor tão intensa, no peito, que só podia ser descrita como física. Nenhum passado de exercícios intelectuais continuados seria capaz de preparar para a compreensão da fisicalidade daquela dor imaterial.

Sentimentos contraditórios sobre tudo, sobre as coisas, sobre as pessoas. Dúvidas. Não sobre todas as pessoas. Sobre o filho, não. Nunca há dúvidas sobre o sentimento pelo filho. Um sentimento que permanece igual a si mesmo. Mas, sobre as outras pessoas, dúvidas o tempo todo. Amo esta mulher ou a odeio como jamais odiei alguém? Preciso desta mulher, não apenas deste ser humano mas desta mulher, ou é exatamente ela que agrava minha condição? A impossibilidade de optar por um sentimento contra outro, contrário, é a conseqüência mais arrasadora da depressão, *ele* acha. Ou será isso exatamente a causa da depressão? Em todo caso, esse lhe parece, se não o desenho, pelo menos a imagem exterior da depressão: a dificuldade, a impossibilidade de definir com clareza o sentimento em relação a objetos e pessoas. A medicina desconhece ainda a causa da depressão. Uma substância que, parece, produzida a menos, provoca isso que, *nele,* vem à tona como desorganização da afetividade. Pode ser, *ele* se diz. Queria acreditar que fosse isso. Se fosse, o recurso à química faria o conjunto se reequilibrar rapidamente, tinha certeza. Tivera certeza. E agora o médico anuncia que levaria meses antes que alguma coisa melhorasse — meses de coexistência com a *dor* gerada pelos sentimentos erráticos, sem alvo.

E convivência também com outro pensamento novo, para *ele*: a idéia do suicídio. Vinte, trinta anos antes, aquela teria sido uma idéia incompreensível. Inaceitável. Simplesmente inaceitável. Sempre vira o suicídio como recurso dos fracos. Nunca, antes, conseguira compreender a natureza da angústia por trás da idéia do suicídio. Dezenas de livros lidos sobre o assunto não o haviam aproximado um milímetro a mais da compreensão do suicídio. Haveria sempre alguma coisa por fazer que afastaria no tempo a morte procurada, *ele* acreditara, e mesmo a idéia do *nada final* não deveria constituir um problema. Para combater o nada, bastava o momento presente, aqui e agora, que jamais poderia ser apagado pelo nada. Impossibilidade lógica, a de o aqui-e-agora sucumbir diante do nada. O *tudo* deste momento vivido está definitivamente separado do *nada*, nenhuma possibilidade de um misturar-se com o outro. É ficção a imagem de uma seqüência temporal entre o tudo e o nada. E, no entanto, agora o nada escancarava sua porta futura e o vazio assim criado gerava o aniquilamento, levava-o a debruçar-se para o *outro lado* e aceitar entregar-se. Mais do que assustadora, a admissão da imagem do suicídio era desmoralizante. Como poderia pensar em suicídio? Mais uma vez a razão se interpunha entre *ele* e sua vida e, representando e antecipando o final inevitável, congelava a experiência vivificante do presente.

O encontro com o médico. A secretária vem dizer-lhe, na sala de espera, que pode subir ao consultório. Levanta-se, respira fundo, como um suspiro doloroso, e tenta reunir forças para enfrentar... o quê? Sente-se caminhando para um confronto. Do qual resultará uma sentença. O que vai dizer ao médico, o que ouvirá dele?

O médico o convida a ficar à vontade. Duas cadeiras de braço, estofamento rígido, estão diante da mesa; ao lado, duas poltronas e um sofá, macios, como numa sala de estar. O médico lhe diz para pôr-se à vontade e o gesto do médico o faz entender que deve tomar uma decisão: sentar-se na cadeira, formal, ou escolher a poltrona, mole, convocando a um abandono? Percebe

— ou acha — que o médico fará, a partir de sua escolha, uma primeira leitura de seu estado. Escolhe a cadeira formal e tem a consciência de estar com isso dizendo: Veja, não estou nada à vontade.

O médico pergunta o que sente.

As palavras lhe fogem nesse instante: o que está sentindo, afinal? O que, afinal, lhe atravessa a cabeça tanto quanto os nervos? A doença parece esfumar-se, tem a sensação de ter imaginado tudo aquilo e que se disser qualquer coisa o médico (*ele* reluta, ainda, em dizer *psiquiatra*, ou *médico-psiquiatra*; diz apenas "o médico") perceberá sua maquinação. Deve estar desejando que não exista doença alguma mas não tem certeza de que seja esse o pensamento que surge em sua mente naquele instante. O médico o ajuda, descreve o que *ele* está sentindo. E é exatamente aquilo, uma avalanche de idéias sinistras, a falta de perspectivas, a irritabilidade, a auto-avaliação severa seguida pela conclusão desfavorável sobre tudo que fez, a evidenciação dos erros cometidos no passado (como se fosse necessário acertar sempre, o médico diz), o choro fácil. É exatamente isso.

Como está se sentindo? *O que* está sentindo?

Responde que não está se sentindo bem, ou não estaria ali. Tenta brincar, o médico reage como se não fosse hora de brincadeira.

O médico examina sua ficha. Irrita-o que o médico não se lembre de seu caso enquanto *ele* se lembra perfeitamente do médico. A primeira observação que o médico faz é encorajante e ao mesmo tempo desanimadora. Diz que há exatamente um ano *ele* o consultava pela primeira vez, lembrava-se? Observação *desanimadora* porque de imediato percebe aí o indício de um ciclo que, se sua conclusão estivesse correta, teria poucas possibilidades de fechar-se com aquela visita. É *encorajadora* porque o médico demonstra uma superioridade em relação a *ele* que é exatamente o que está buscando: o médico sabe algo sobre *ele* que *ele* não sabe. Vislumbra uma saída.

O médico observa que parece um ciclo, a literatura sobre o assunto fala de um ciclo, de pessoas que a intervalos regulares recaem numa depressão que julgavam vencida. Conseqüência imediata que o inquieta: tomar a droga indefinidamente. Algo que o assusta. O médico diz que é a nova orientação proposta para evitar-se a recaída dolorosa, moralmente desestabilizadora, que, se acontecer, exigirá outro longo tempo para ser outra vez combatida.

É uma doença, o médico diz. E insiste nisso: é uma doença. O médico está querendo dizer: Veja, é *apenas* uma doença. No entanto, é exatamente aquilo que *ele* não queria ouvir. O que queria ouvir? Que a depressão resultava de um *desejo* pessoal, uma *decorrência inevitável* da vida? A conversa vai de um tema a outro, errática. Não é uma conversa, o médico fala mais do que *ele*. Acha estranho, *ele* é quem deveria estar falando, não o médico. Mas não quer que o médico pare de falar, não quer que o médico fique sem assunto. Quando percebe que está por esgotar-se uma linha de reflexão que o médico vem seguindo, *ele* solta, na direção do médico, uma bóia à superfície da conversa. De que sente mais necessidade, falar ou ouvir? Quer ouvir, quer que o médico lhe dê todas as respostas sem que *ele* tenha de fazer as perguntas. O médico já sabe quais são as perguntas, as perguntas são sempre as mesmas. *Ele* quer as respostas.

O médico diz agora que não há como identificar a causa precisa, a causa imediata que aciona o mecanismo depressivo. *Ele* quase responde que a causa da depressão é a vida. Mas essa frase, se a dissesse, soaria ridícula — para *ele* mesmo. Óbvia. Patética. (Patética por quê?) Romântica? Não dirá que a causa da depressão é a vida porque imagina correr o risco de ouvir algo como "mas outras pessoas não se sentem deprimidas"... É a vida mas você não está sabendo como lidar com ela, o médico diria. O médico não diria, claro. Pensaria. E o que *ele* menos queria naquele momento era deixar visível sua *diferença* em relação aos outros.

Minutos depois, é exatamente aquilo que o médico diz.

O médico continua falando. Você não pode pensar que é capaz de controlar tudo que se passa em você, o médico diz. *Ele* quer ouvir isso. *Ele* quer acreditar nisso, provavelmente.

Quer que o médico lhe diga o que fazer. Esse é o ponto. Quer que o médico diga o que *deve* fazer. Tenta dizê-lo do modo mais claramente indireto que consegue e o médico entende, porque responde que não há o que fazer além de submeter-me à medicação.

Portanto, está sozinho. Ninguém pode fazer nada por *ele*. O que o médico pode é receitar um antidepressivo — no entanto, *ele* fora até o médico para receber uma receita para a vida... Enorme sinal de consciente ingenuidade. Só quem pode ajudá-lo é *ele* mesmo. Sou responsável por mim mesmo, *ele* pensa. Cada um é responsável por si mesmo, do outro não virá ajuda alguma. Deve a Sartre essa idéia da responsabilidade pessoal de cada um por si mesmo. Poderia dizer que foi Sartre quem inculcara nele essa idéia da responsabilidade pessoal pelos próprios atos. Durante anos, para *ele* essa noção nada fora além de um princípio teórico, abstrato. Agora, a abstração ganhava corpo. Fisicamente. No corpo *dele*. E causava dor nesse corpo.

O médico diz que *ele* está *visivelmente* deprimido. Coincidência: na noite anterior, um amigo dissera o mesmo, que era visível que *ele* andava deprimido. Pergunta quais são os sinais exteriores da depressão. O médico responde que é visível no rosto, nos gestos, no corpo. E *ele*, que acreditara dominar a expressividade de seu corpo, sempre acreditara ser capaz de controlar absolutamente seu corpo, ocultar seu estado de espírito, em dois dias seguidos confrontava-se com duas pessoas afirmando reconhecer em seu exterior os sinais da depressão. Tem consciência de estar, nesse instante, apertando a mão esquerda com a direita e, em seguida, a direita com a esquerda. Descruza as mãos. Descruza as pernas. Está fisicamente envolvido consigo mesmo, o corpo inclinado para a direita. Está na defensiva, no desvio: *ele* percebe. E no entanto é o médico que não o olha nos olhos, *ele* repara.

O médico pergunta pelo motivo de preocupar-se com o fato de demonstrar sua depressão. Resolve ser sincero, talvez cândido, e responde: acha lamentável demonstrar suas emoções no rosto, acha que as pessoas deveriam sempre mostrar aos outros seu lado melhor. O médico diz que não, que se alguém está chateado, deprimido, está chateado e deprimido e pronto, não há o que fazer, não há por que ocultar. O médico não o convence. Esse problema pertence ao domínio de sua intimidade, *ele* pensa, não deveria demonstrá-lo. O que não revela ao médico é seu medo de, mostrando-se exteriormente deprimido, ficar exposto à interiorização definitiva da depressão. Se ouvisse isso, o médido ficaria com impressão ainda pior dele. O médico diz que as coisas são como são.

O médico escreve as receitas, um antidepressivo para tirá-lo do chão e um antiexcitante para combater o antidepressivo e permitir-lhe dormir. Nada animador. De todo modo, sai aliviado da consulta.

Ficar na cama. Um refúgio e um tormento. Enquanto está na cama sente o peso do lençol e da coberta sobre a pele e esse toque de algum modo substitui o toque humano de que desesperadamente precisa ao mesmo tempo em que torna mais dolorosa a ausência humana. O lençol e a coberta o abrigam e acariciam. Um lenitivo. Uma perna pesa sobre a outra e é como se alguém tocasse nele. Tem consciência de ser *ele* mesmo que toca em si próprio e aceita o carinho que se faz.

Um refúgio e um tormento: nada a fazer na cama além de pensar — e, nesse estado, o que se desencadeia em sua cabeça é uma tempestade de auto-recriminações atingindo todos os cantos da memória, da superfície às profundezas. Impossível continuar na cama mais de alguns minutos depois de acordar sem enredar-se em idéias circularmente negativas. O recurso é levantar-se e enfrentar o frio imaterial que o envolve.

A sensação de frio, a carência de calor, lhe parece o fantasma constante da depressão. Difícil dizer se o frio está fora do corpo, saber se o frio tem uma existência objetiva. *Ele* o sente na pele e o sente no interior do corpo, dentro dos braços, das pernas, no meio dos ossos. Um frio infinito, desmedidamente extenso. Um frio que nenhuma coberta adicional consegue afastar.

Gostar de si mesmo. Gostar de si mesmo seria um antídoto para a depressão. Como gostar de si mesmo? Num documentário americano sobre educação, dos anos 60 ou 50, uma seqüência mostra uma classe de jardim de infância em que crianças de 4, 5 anos se abraçam a si mesmas e se dizem, em voz alta e com um sorriso nos lábios: Eu gosto de mim mesmo, eu gosto *muito* de mim mesmo. E são cinco, seis, dez crianças que se abraçam e se repetem a frase mágica, sorrindo de olhos fechados.

Alguns anos antes, algumas semanas antes *ele* teria sorrido, condescendente, com ironia, do que chamaria de mais uma demonstração do pragmatismo ingênuo norte-americano, desse behaviorismo simplório, materialização primitiva do desejo de poder. Agora, não pode mais sorrir de coisa alguma. Nunca foi ensinado a gostar de si mesmo. Isso talvez não fosse algo que se tivesse de ensinar, *ele* pensa. No entanto, desconfia que a cultura do desmanche que penetra por toda parte, aqui, tornara indispensável esse treinamento para a aceitação de si próprio. Amar ao outro como a si próprio, recorda-se das aulas de religião — sentindo-se tolo por recordá-lo ao mesmo tempo em que se pergunta "por que não?" (Deve ser isso a depressão, *ele* pensa: não saber o que deve pensar.) Não mais que a si próprio, nem menos: tanto quanto a si próprio. Quanto gosta de si próprio?

Pensa na imagem das crianças se abraçando e repetindo "Gosto de mim, eu gosto de mim". Recurso simples, admirável, *ele* pensa (no estado em que se encontra, em todo caso). E *ele* ali, naquele momento — o documentário findo, a publicidade em andamento, o noticiário começando—, sendo convidado por tudo, *por tudo*, a odiar-se radicalmente... Tem certeza de que tudo no televisor o leva a odiar-se profundamente por trás das imagens de convocação a uma felicidade que nem *ele*, nem ninguém, jamais poderá alcançar.

Neste momento, tentar gostar de si mesmo provoca-lhe intensa dor.

Não poder ficar sozinho — quando, antes, ficar sozinho era um prazer. Outra inversão radical de valores provocada pela depressão. Ficar sozinho é estar a um passo da perdição. Pensa muito antes de escolher a palavra *perdição*. A palavra certa seria *loucura*, não há outra palavra a não ser loucura. Mas é pesada demais. Pensar nela seria atraí-la. A depressão parece abrir caminho para o pensamento mágico, o pensamento selvagem, aflorar e retomar o lugar que ainda é seu: como na infância, não deve mencionar o nome de um mal para não atraí-lo. Sente que deve vencer o receio e admitir: ficar sozinho é ficar a um passo da loucura. Ficar sozinho é colocar-se a um passo da loucura. Estar deprimido é não querer ficar sozinho e angustiar-se por descobrir que estar com outra pessoa é mesmo assim continuar sozinho: como se uma parede transparente se interpusesse o tempo todo entre *ele* e o outro. Uma parede de gelo. A outra pessoa talvez imagine estar com *ele* na mesma sala e no entanto *ele* está sozinho. Tocar essa pessoa, fazer com que toque nele. Fundamental fazê-la tocar nele, levá-la a tocar *dentro* dele ao tocar em sua pele. *Permitir-se* sentir que ela toca dentro dele. O toque. A magia do toque, nas religiões. O toque que faz milagres.

No entanto, se não tolera a idéia de ficar sozinho, como pode de repente, nessa fração de segundo que o apavora, aceitar, desejar (como aceita e deseja nesse mesmo momento) a idéia do desaparecimento, do aniquilamento, da morte? A conclusão a que *quer* chegar é que não deseja a morte, quer o contrário da morte. Por que sente tanta dificuldade em acreditar nisso?

A loucura como antídoto da loucura. De repente, percebe que a loucura pode ser a cura da loucura, que uma certa loucura pode significar uma barragem contra aquela outra loucura. Revê, por acaso, um fragmento de *Zorba, o grego,* que marcou Anthony Quinn e que Anthony Quinn marcou. Zorba e o estrangeiro que viaja pela Grécia estão à beira-mar. Zorba sorridente, com sua barba, sua roupa solta sobre o corpo, meio amassada, casual. O "ocidental", Alan Bates, fechado dentro de seu terno branco abotoado, engravatado, sério. Zorba olha para o "ocidental" e lhe diz: "Sabe o que lhe falta?" O outro não responde. "Falta-lhe um pouco de loucura, para poder soltar as amarras, para encontrar á liberdade. Para viver."

Falta-lhe, a *ele*, loucura para combater aquela loucura. Falta-lhe desatar seus sentimentos para que seus sentimentos possam fluir novamente. Combater uma loucura com outra. Uma delas, essa que o ameaça naquele instante, toma conta dele contra sua vontade. O jovem romântico do século 19 buscava a loucura como signo distintivo, mola da criatividade, sem saber que essa loucura, a loucura de Van Gogh, de Artaud, a loucura do artista, não se pode ter. Essa loucura *tem* a pessoa, não é a pessoa que tem essa loucura — que não é uma loucura dela. A outra loucura, a loucura salvadora, a pessoa talvez possa buscar, talvez possa ter, *ele* talvez possa ter. Possa *construir*. Como? Como armar a própria loucura salvadora? No filme, *no cinema,* o "ocidental" pede a Zorba que o ensine a dançar e o espectador sente que nesse instante o "ocidental" começa a salvar-se. No cinema... E se fosse tão simples como o cinema mostra?

Onde está minha dança? Onde está meu Zorba?, *ele* se pergunta — sentindo-se ridículo enquanto se pergunta.

Por que tem medo de seu Zorba? Por que insiste em achar que os Zorbas são todos falsos? Um ano antes, na primeira crise profunda, na primeira crise admitida e tratada, depois de seis meses com o medicamento *ele* se sentiu feliz. Um dia, sentiu-se desmesuradamente feliz. Nesse dia pensou: estou artificialmente feliz, esta felicidade é artificial, é uma felicidade química, portanto é uma falsa felicidade, uma felicidade negativa. Reencontrando o psiquiatra seis meses depois, no meio da segunda e devastadora crise, *ele* lhe conta isso, que chegou a sentir-se feliz quando a medicação alcançara seu efeito máximo e que isso o preocupara. O médico lhe perguntou: E por que você acha que não pode ser feliz? Por que acha que a felicidade é um estado falso, artificial, por que acha impossível ou indevido alcançar a felicidade? A pergunta que o médico não lhe faz mas que *ele* imagina naquele momento é: por que acha *imoral* a felicidade?

Duas semanas depois, três, liga a televisão e estão transmitindo o mesmo filme e a cena que vê naquele instante é a mesma cena que viu semanas antes quando começou a ver o filme por acaso, no meio. Uma coincidência *tremenda*, impossível! Nas duas ocasiões, pegara o filme praticamente no mesmo ponto, *naquele* ponto. Era *o mesmo ponto*. Primeiro um plano de Zorba olhando para o ocidental, depois um plano do ocidental e o ocidental vai dizer outra vez para Zorba ensiná-lo a dançar. Pega o filme no mesmo ponto em que o pegara antes.

As coincidências. No estado em que está, não consegue evitar o pensamento de que nessa coincidência há um chamamento, um alerta. Um convite. Ridícula, essa idéia. E não consegue evitá-la.

Deve ser isso, a depressão.

Sobe à memória a observação inúmeras vezes repetida pela amiga: "Nossa geração", ela dizia o tempo todo, ela diz ainda, "foi emocionalmente esmagada." *Nossa geração* significa, para *ele*, a geração dos anos 60. A geração de 68. A amiga repetia aquilo há anos. E durante anos *ele* não concordara com a amiga. Durante anos não discordara abertamente dela mas durante anos estivera intimamente convencido de que não era bem assim. Não *sentia* que ela tivesse razão. Não sentia nada errado com suas emoções, com sua estrutura emocional. Agora, *sabe* que ela tem razão. Agora, *sente* que ela tem razão. Não tivemos canais abertos para exercer nossos sentimentos, ela dizia, para permitir que nossas emoções se expandissem, ela dizia. A razão foi nosso único instrumento, a amiga insistia. A razão, o dever, a responsabilidade. A teoria. A análise. O compromisso. O engajamento. O marxismo ou o catolicismo ou o existencialismo sartriano haviam sido de fato, durante muito tempo, *ele* tem de admitir, durante tempo demais, o horizonte incontornável daquilo que não existe — e no entanto é muito palpável: a geração dele, essa "nossa geração". Não tivemos tempo para os sentimentos e as emoções vitais, a amiga repetia sempre. Para a emoção estética, sim. Mas não vivemos nossas estéticas, não fomos contemporâneos históricos de nossas estéticas, apenas contemporâneos filosóficos de nossas estéticas, quer dizer, contemporâneos abstratos de nossas estéticas. Vivemos nossas estéticas a partir de um universo paralelo, sem pôr as mãos nelas. De longe. Víamos tudo de longe. Eram realmente vivíveis, essas estéticas? Alguma estética é alguma vez vivível? O artista não *constrói* uma estética justamente por não poder *vivê-la*? Maio de 68, para 68, para nós, chegou tarde demais, ela achava. *Ele* começava a concordar, agora. Maio de 68 fora a revolta contra a tirania da razão exercida sobre eles, sobre os jovens, de todos os lados — do lado da sociedade estabelecida e do lado da oposição àquela sociedade. A revolta afrouxou as amarras da razão mas não foi suficiente para reconstruir uma sensibilidade, a sensibilidade deles, a sensibilidade *dele*. Nossa geração foi esmagada em seus sentimentos, dizia a amiga. Inúmeras vezes. Melodramático, *ele* pensara. Considerando o nó que agora estrangula seus sentimentos, nisso que se chama depressão, torna-se dolorosamente consciente da pertinência do que a amiga repetira inúmeras vezes. Ela repetia sempre a mesma coisa, que nossa geração tivera seus sentimentos esmagados, sempre com um sorriso, de uma forma na aparência irônica, quase como se no fundo eles estivessem acima de tudo aquilo, como se no fundo não fossem afetados por aquilo — não *verdadeiramente* afetados. Quanto lhe deve ter sido doloroso repetir essa constatação, *ele* pensa, qual a medida de minha desatenção para com o enorme significado pessoal que aquela observação sempre carregou? Uma depressão não se instala de súbito, não tem como deixar de ser um processo longamente preparado, quase *ardilosamente montado, ele* tem vontade de dizer. Montado por uma consciência particular, sem dúvida, ou mais montado por algumas consciências do que por outras. Mas sob o forte estímulo de uma consciência cultural coletiva. A depressão como uma herança cultural, um fantasma cultural passado de uma geração para outra, *ele* pensa. Um fantasma incubado numa geração e que explode na geração seguinte. Em seu caso, incubado pela geração que na Segunda Guerra tinha vinte anos e que explodiu neles que, nos anos 60, tinham vinte anos. O que não vivemos na carne diretamente, em primeira mão — a guerra, o futuro cortado, a angústia atômica, o conflito ideológico — vivemos por procuração, depois, ela dizia. Sartre admitiu antes de morrer: nunca sentira, ele próprio, a náusea existencial sobre a qual escrevera. Talvez não, mesmo. Os outros iriam senti-la — por procuração. Os outros, quer dizer, nós, *ele* pensa.

Nossos sentimentos estrangulados e depois, no meio dos 60, nossa utopia racional desmontada, *ele* diz para si mesmo à falta de dizê-lo à amiga. E mais tarde ainda, a corrosão final, a implosão da utopia, magnificada pela queda do muro de Berlim. A depressão será um processo químico: serotonina a menos, em dose insuficiente para contrabalançar a negatividade emocional. Mas não será só isso, *ele* gostaria de pensar. Nossa geração teve seus sentimentos esmagados, a amiga dizia. Os sentimentos dela estrangulados, talvez, mas não toda sua sensibilidade: ela sempre pressentiu alguma coisa de errado com sua sensibilidade, com a sensibilidade deles, e sempre soube do que falava; portanto, não estava totalmente sufocada. *Ele* descobre só agora o sentido daquilo de que ela falava.

Esse é um problema de uma geração, algumas gerações se expõem mais do que outras a essa desconstrução da sensibilidade? Ou cada geração enfrenta sempre um modo específico de desconstrução da sensibilidade? A geração pós-68, a geração que se convencionou chamar de yuppie, a geração bem-comportada, a geração de filhos conservadores de pais libertários, teve também seu lema próprio: "não se envolva". Não se envolva com as coisas, não se envolva com a história, não se envolva com a sociedade, não se envolva com um projeto político, não se envolva com o outro — não se envolva com nada. A sensibilidade como um complexo de neutralidades, de isenções. Para essa geração, todas as experiências são acessíveis e todas deviam ser exercitadas num estado de espírito de isenção, de distanciamento. Uma sensibilidade de representação. Uma sensibilidade de cenários intercambiáveis. *Ele* não sabe qual esmagamento da sensibilidade é mais assustador.

O passado. Nos instantes de depressão aguda, a simples idéia do passado lhe é insuportável. Todo o passado, o passado como um todo. O futuro não existe — se existisse, não estaria deprimido — e o passado é inaceitável. O presente, uma tortura. Onde se esconder? Cheiros do passado que sobem à memória são insuportáveis, imagens de uma certa luminosidade de um dia perdido no passado são insuportáveis, memórias precisas de um ato, uma atitude, um comportamento, um toque registrados no passado, são dolorosas. O passado dói. Mesmo quando são memórias agradáveis de um passado agradável. Perdoar o passado, diz Arthur Penn, sorrindo melancolicamente. Perdoar o passado é fundamental. *Ele* perdoou seu próprio passado, se tinha algo a perdoar, ou fez apenas uma observação teórica solta no ar? O que é que pesa no passado, a vida como um todo? Nestes instantes de depressão aguda, a mais leve memória do passado lhe é insuportável.

Procura não se olhar no espelho. Receia ver no exterior os estragos causados pela desordem interior. Há algum? É visível? Deve ser. O psiquiatra diz que os via, seu amigo dizia vê-los também. Quando olha no espelho, *ele* acredita que, de fato, essa falta de força, essa falta de alegria, essa falta de entusiasmo são visíveis. Talvez não sejam, talvez sejam apenas imaginação sua. Não sabe. A incerteza não joga a seu favor. Então, procura não se olhar no espelho. A essência aparece, está convencido. O que está dentro sai para fora. Então, tenta compor em seu rosto a imagem que lhe parece a menos inaceitável possível. Como isso é possível?

(Quase certamente *ele* não olha no espelho porque tem certeza de que, no espelho, verá um personagem distorcido de Francis Bacon. Na verdade, não precisa olhar-se no espelho para ver uma personagem de F. Bacon: *ele* se vê o tempo todo como um personagem de F. Bacon, sente em si as desformas parciais de F. Bacon.)

(Essa deformação inacabada talvez seja, ela, a depressão.)

A sensação de perda. A sensação de perda é recorrente nos casos de depressão, diz a literatura que consulta. De que adianta saber que a sensação de perda é inevitável nesses casos, que a sensação de perda é conseqüência e ao mesmo tempo causa da depressão, se é que há *uma* causa para a depressão?

Sente-se rodeado de perdas, neste momento. Perdas reais, presentes, e perdas virtuais, futuras, vividas agora como se já tivessem acontecido. Esta experimentação no presente de um acontecimento desagradável ou funesto no futuro é um dos horrores da depressão. Saber que se vai passar por algo desagradável já é passar por algo desagradável, *ele* conclui. Portanto, há como uma condenação a sofrer duas vezes o mesmo martírio, sofrê-lo duas vezes com a mesma intensidade. Não há distinção entre a dor virtual e a dor futuramente real. Se vai acontecer é porque já aconteceu. Já vivera várias vezes essa experiência que agora lhe parece angustiante. Muitas vezes, quando uma viagem de prazer aproximava-se do final — e todas as viagens sempre haviam sido para *ele*, até ali, viagens de prazer —, *ele* abreviava o retorno. Se tinha de voltar — e voltar era quase sempre um sofrimento, voltar ao mesmo lugar, à mesma vida, à mesma rotina —, então melhor voltar logo. Consumava-se e abreviava-se o sofrimento, pensava. Quer dizer, era-lhe impossível viver o prazer do instante até a última gota. Nunca saboreava a última gota possível, sempre experimentava uma última gota antecipada, uma última gota que não precisava ser a última. A última gota possível e a última gota antecipada não podem ter o mesmo sabor. *Ele* não conseguia, nessas ocasiões, viver o momento presente, que via contaminado pelo futuro e irremediavelmente arruinado. Não lhe era sempre impossível viver o instante presente e desfrutá-lo em tudo que pudesse oferecer: as sensações de um copo de vinho numa tarde de inverno na cidade certa, por exemplo, ou a contemplação apaixonada de um quadro tantas vezes revisto, por exemplo, eram ocasiões para uma intensa felicidade. Para um intenso prazer, em todo caso. Apenas quando o fim de um processo prazeroso se aproximava é que *ele* o acelerava: o retorno de uma viagem, o instante de afastar-se da mulher amada na cama. Na depressão, são *todos* os instantes que se abortam ante a idéia da inevitabilidade da falência dos processos, evidenciada em seu momento derradeiro que é o momento da perda — a perda de algo, a perda de alguém, a perda da vida. Na depressão, é a última gota da vida que se quer antecipar, que *ele* está considerando antecipar. Mas, se essa lógica emocional tem algum sentido, a vida é um prazer — ou não estaria pensando em abreviá-la. Mas, então, por que abreviá-la? Se é um prazer, por que aceita a hipótese do suicídio? É essa lógica emocional perversa o grande fantasma da depressão, a grande sombra sobre *ele* projetada pela depressão.

A perda. O afastamento do filho é uma dessas perdas vividas por antecipação. O filho ainda não saiu de casa, está longe ainda de sair de casa e no entanto já se afastou, já se separou *dele*. O homem não sabe o que é ter filho, dizem. Talvez. Mas um homem imagina bem um cordão umbilical, um homem sabe exatamente onde, em seu corpo, termina o cordão umbilical que o une a seu filho. Esse cordão umbilical termina em algum ponto dentro do peito e esse ponto dói quando o homem de repente percebe que o cordão se rompeu, que o cordão explodiu numa nuvem de destroços e que seu filho está definitivamente *do lado de lá*, está fora, não é mais parte dele, é um ser inteiramente distinto. Há um momento em que o filho olha o homem do mesmo modo como o homem um dia olhou seu próprio pai: um olhar do outro lado, um olhar do lado de lá. A partir desse instante, o filho adolescente não é mais seu. Quase não o reconhece mais. Deveria ser algo bom, essa separação, não é isso que se diz e se escreve por toda parte? Além de bom, inevitável. Então, por que a sensação de perda? E no entanto, sensação de perda. Ali, bem instalada. Quanto tempo leva para compensar essa perda? Provavelmente a vida toda. Ela é um ponto na linha da depressão que durante muito tempo foi apenas uma linha interrompida, uma linha tracejada, e que agora apresentava-se para *ele*, e tomava conta dele, como uma linha contínua. Mas, não será doentio entrar em depressão por sentir um dia, num certo instante, que o filho se separou? Sim. Exatamente. Ver a vida como uma sucessão de perdas não é indício de uma mente deprimida? Exatamente. Ver a vida como uma sucessão de perdas é ter vivido intensamente cada um dos momentos que depois virou uma perda, caso contrário não teria havido perda. Viver a vida intensamente em cada um de seus momentos a ponto de sentir como perda cada um deles quando deixam de existir não é indício de uma mente deprimida? Exatamente. Ou será exatamente o contrário: viver a vida intensamente em todos seus momentos a ponto de sentir como perda cada um deles quando deixam de existir não é saudável, não é o *normal*? Então, por que a depressão?

À noite, três estampidos ouvidos na rua são imaginados por *ele*, o homem deprimido, como três tiros. Identificar em três estampidos três tiros não é indício de uma mente deprimida? Exatamente. Mas não, sabe que é possível que aqueles três estampidos sejam exatamente *isso*: três tiros. E *isso* é deprimente. Se forem três tiros, *ele* não fez nada e isso lhe parece deprimente. Teve medo de identificá-los como três tiros. E o que *ele* poderia fazer, se tivesse identificado? Nada. E isso não é deprimente? Exatamente.

À noite, na cama, esperando o sono vir, repete centenas de vezes na imaginação a memória das seqüências medíocres do filme ruim que acabou de ver. Repete e repete na memória a mesma cena para não dar espaço a nenhum outro pensamento, a nenhuma avaliação, a nenhuma recordação indesejável. Durante muito tempo, quando não conseguia ler à noite na cama, antes de dormir, ou mesmo depois de ter lido a última página e antes da chegada do sono, havia repassado na cabeça um filme *bom* recém-visto. Um prazer. Agora, revê na tela negra da memória *qualquer filme visto*, qualquer filme ruim. Aquelas cenas medíocres não podem acrescentar-lhe nada e no entanto repete-as na memória mais uma vez e mais uma vez. Um outro drama, deixar-se perseguir assim pelas cenas ruins.

A cama de novo, a cama sempre. O desejo quase incontrolável de enfiar-se na cama, puxar as cobertas até a cabeça e sentir o lençol e, por cima dele, o cobertor, pesando sobre a perna. O toque do lençol e do cobertor por cima do lençol é o toque mais humano que consegue sentir. Impossível deixar de pensar na cama como o substituto do útero materno. Imagem fraca, *ele* sabe, imagem boba, imagem vazia, imagem repetida, imagem sem sabor para *ele* que detesta as imagens psicanalíticas repisadas. Mas é a imagem que sobe à sua mente. Por um instante, não se envergonha de admitir para si mesmo que precisaria voltar ao útero materno. Passar quase uma vida toda para admitir que essa necessidade não é obrigatoriamente vergonhosa, para *sentir essa necessidade*. Lamentável. Por isso está deprimido. A ilusão do útero seria perfeita se pudesse dormir mas *ele* não pode dormir. Entra na cama, enfia as pernas sob os lençóis, reconhece o toque reconfortante do tecido mas sabe que o inferno vai começar em segundos se não conseguir dormir. E não conseguirá dormir.

Desconfia que se compraz um pouco na depressão. Um pouco. Sentir a presença, a existência da depressão é o único sentimento "positivo" que *ele* consegue ter nesse instante. A única certeza. Suspeita, pela primeira vez, que ter a certeza da depressão lhe parece naquele momento o único ponto firme em sua vida e que isso já é, enfim, alguma coisa. Impensável. E no entanto é assim. Desconfia que se compraz um pouco com a depressão e sabe ao mesmo tempo que tem de evitar essa sensação. Sabe que tem de sentir-se péssimo com sua depressão. *Ele está* se sentindo péssimo com sua depressão e percebe que tem de sentir-se *ainda pior* com sua depressão, que não pode deixar-se tomar pela idéia de que sua depressão se transforma em fonte de algum prazer — prazer que nesse caso deveria ser tachado de perverso. Não é deprimente?, *ele* pensa. Sentir-se pessimamente com a depressão é depressivo, não se sentir pessimamente com a depressão é depressivo. Sorri de si mesmo.

O dia todo, o corpo todo, não apenas a cabeça mas o corpo todo permanece envolto numa espécie de manta tecida com agulhões que espicaçam cada nervo, cada músculo, cada fluxo de idéia e os impulsionam para fora apenas para serem barrados por essa mesma carapaça invulnerável. Um torpor convulso, um jogo de contrários: ansiedade de fazer alguma coisa, qualquer coisa, e negação do desejo de fazer seja o que for.

No final da noite, sobrevêm três ou quatro horas de relaxamento: a manta negativa se foi, o corpo se instala no espaço comum, a mente flui para fora de seu espaço interior e consegue esgueirar-se por entre os objetos da sala, por entre os volumes do mundo todo, visto e imaginado: a mente está livre, circula, o espírito faz aquilo para o que foi feito: circular, viajar, deslizar. Deve ser isso que recebe o nome de comunhão com o mundo.

São três ou quatro horas em que *ele* se instala no mundo, em que *ele* abandona seu mundo fechado para instalar-se no grande mundo exterior. Pensa que deveria aproveitar esse estado, usufruir dele ao máximo e assim, quem sabe, escapar definitivamente da manta incorruptível. E pensa também que deve aproveitar e dormir. Na verdade, cede ao desejo de apagamento e vai para a cama. No dia seguinte, sabe que a manta vai recair novamente sobre seu espírito e seu corpo. E no dia seguinte, não é *assim que acorda* que a manta se reinstala: é assim que a consciência sai definitivamente do sono e do sonho que a depressão se instalará — como se instala.

Viver sem amor por alguém lhe parece impensável. (Impensável, algum tempo atrás, que essa idéia pudesse lhe ocorrer.) Amar alguma coisa, amar uma idéia, uma atividade, não lhe basta. Essa a mola central da depressão. Durante muito tempo acreditou que poderia amar a arte, pensou que esse seria um amor que nunca abandonaria, que nunca o abandonaria. E então, um dia esse amor o abandonou. Ou *ele* abandonou esse amor, fartou-se dele como alguém se farta de tanta outra coisa, como alguém se farta de alguém mais. Talvez tenha amado a arte exatamente para não ter de fartar-se de alguém e ser obrigado a sair outra vez à procura de alguém mais. O amor pela arte seria sempre igual a si mesmo, *ele* pensara, e se reproduziria infinitas vezes em infinitos objetos mantendo sempre sua mesma cara, seu mesmo estado, suas mesmas implicações. E no entanto, esse amor o abandonou ou *ele* abandonou esse amor, o que será praticamente a mesma coisa. E percebe que viver sem amor por alguém é impensável. Pergunta-se por que foi preciso esperar a depressão dizer-lhe isso.

A impossibilidade de alegrar-se mesmo com a mais estimulante das notícias, mesmo com a mais gratificante das notícias. Recebe a notícia de que seu livro será publicado. A primeira boa notícia em meses. (Talvez esteja demasiadamente viciado em boas notícias, demasiado obcecado com a idéia de que as boas notícias devam se multiplicar. Não percebe que as boas notícias são o *evento*, o excepcional, não a normalidade.) Na verdade, a notícia ficou a seu alcance durante dois longos dias. Chegou pelo correio num final de sexta-feira, em envelope timbrado cujo conteúdo logo identificou: a resposta estava ali. Mas durante dois dias inteiros não abriu o envelope. Se a notícia fosse positiva, pensou antes de abrir o envelope, passaria um ótimo fim de semana, *saboreando o sucesso*, como se diz, tentando convencer-se de que não era o inútil que imaginava recorrentemente ser. Mas, se a resposta fosse negativa, em que buraco ainda mais negro mergulharia? Pensou nisso. O buraco não poderia ser maior, nem mais profundo, nem mais escuro do que aquele onde já estava. Impossível. Tinha estrutura, teria estrutura para suportar uma notícia negativa, aquela não seria a única possibilidade para o livro, pelo menos mais uma alternativa já se desenhava nitidamente. Por que, então, se sentiria jogado ainda mais para o fundo? Conscientemente, o estrago não poderia ser tão grande. E no entanto, talvez fosse. Receava que fosse. O medo da depressão superava a possibilidade da alegria. Essa rendição ao negativo o sufocava e revoltava. *Poderia não ser* negativo, por que não abre o envelope? Se a resposta fosse positiva, um fluxo de sensações agradáveis poderia seguir-se.

Mas *ele* não abriu o envelope no fim de semana. Abriu o envelope segunda pela manhã, quando a normalidade pegajosa do cotidiano não lhe proporcionava nenhuma possibilidade de comemoração imediata, quando teria de adiar a comemoração para outro dia, outra semana, e vê-la consumir-se aos poucos, amortecendo-se até despir-se de todo traço da alegria inicial — até quase não ter mais sentido, até parecer-lhe uma ilusão tão insensata quanto tantas outras.

E quando abriu o envelope, *decidiu* que podia ficar alegre, decidiu que *deveria* sentir-se aliviado, reconfortado. A idéia dessa necessidade, porém, não encontrou apoio em sua sensibilidade. Impossibilidade de sentir uma alegria que no entanto surge apenas a intervalos longos e que pede assim para ser saboreada até o último gole, extasiadamente. Mas *ele* não a saboreia. Odeia a depressão, por isso. Pensa em odiar-se a si mesmo por mais essa falta dele mesmo para consigo próprio. Contém-se, sabendo que perde definitivamente uma ocasião para celebrar.

Essa sensação de um desastre iminente. A sensação de que algo definitivo, e definitivamente ruim, acontecerá no instante seguinte. Ou será o desejo de que alguma coisa aconteça, seja o que for?

Relê mais uma vez a lista das personalidades que um dia sofreram de depressão. Uma longa lista: Walter Benjamin, William James, Virginia Woolf, Romain Gary, Hemingway, Sylvia Plath, Mayakovsky, Primo Levi, Cesare Pavese, Styron, Althusser, e Van Gogh, e Artaud (e a maioria desses suicidou-se...). Está provavelmente procurando uma causa, uma conexão. Uma explicação. Pressupõe, como foi treinado para fazer pela herança cultural dos últimos cem anos, que uma explicação pode ajudar a resolver o problema. Quer *entender* porque acredita que, assim, estará a meio caminho de resolver o problema.

Relê a lista, amplia-a mentalmente com os que não chegaram ao ato final. Sabe, claro, que inexistem "grupos de risco" para a depressão: milhares de pessoas que nada têm a ver com a literatura e as artes são do mesmo modo afetadas pela depressão. Milhões de pessoas, no mundo todo, de ambos os sexos, de todas as ocupações, todas as idades. Uma em cada dez, diz o relatório. Mas imagina que alguma ligação exista entre seu modo de relacionar-se com o mundo, o mesmo de muitos daqueles na lista, e a depressão. *Ele* escreve. Seu trabalho pode ser chamado "de criação". Imagina, pela primeira vez em sua vida, que a pretensão de criar traz em seu mecanismo interior o germe da depressão. A criação como uma inevitabilidade e ao mesmo tempo como uma impossibilidade — da qual os criadores acabam se dando conta em algum instante, façam o que fizerem, tenham "sucesso" ou não. Quem pode saber se uma criação foi bem-sucedida a não ser seu criador? Quem pode avaliar a distância entre o plano inicial e a realização final — distância que, por ínfima que seja, é sempre larga o suficiente para provocar a enorme decepção do criador com seus próprios esforços?

Não é esse o significado da lenda da criação fundante do ser humano, a lenda da criação do mundo? Não está desde o início inscrita no delírio de criar a sentença condenatória ao fracasso? O fracasso como a criação degradada, o fracasso como a simples perda do controle dos efeitos visados. *Ele* quer convencer-se de que o apossamento, pelos outros, de uma criação retira do criador a responsabilidade pelo destino e pela razão de ser da criação e que, nesse caso, não faz sentido falar em fracasso da criação. Mas, não se convence. Olha a lista dos notáveis que não evitaram a depressão e sabe como é insatisfatória aquela suposição — pelo menos naquele momento, naquele estado em que se encontra.

Examina a lista que fez às pressas e percebe como está recheada de escritores. *Ele* também trabalha com as palavras, sua criação, se criação existe, depende de palavras, idéias abstratas — do verbo. Haveria aí algum terreno propício à depressão? Recorda Godard dizendo que filmar é um recurso contra a loucura, que os cineastas não ficam loucos, que há algo no cinema capaz de segurar o cineasta *do lado de cá*. Que há talvez algo na imagem passível de funcionar como anticorpo para a depressão. O que há na imagem? O movimento. E o tempo. Não a idéia do movimento e a idéia do tempo, mas o movimento e o tempo em si. Não a representação do movimento e a representação do tempo: o movimento e o tempo como fenômenos em si. Fluxos. A depressão é uma parada, um corte, um intervalo, uma interrupção. O cinema, a imagem em movimento, acionaria o fluxo, contrabalançando a parada. A depressão é um rebaixamento, um afundamento. Na definição sugestiva da astronomia, a depressão é a *altura negativa do horizonte aparente*. O cinema seria como a altura positiva de um horizonte visível — e a depressão, a invisibilidade, as trevas. Mas, *ele* pensa, a imagem em movimento não está isenta de contradição porque ela é, ao mesmo tempo, uma conservação, uma manutenção. Há um movimento e há um tempo mas é sempre o mesmo movimento e o mesmo tempo. Há, portanto, na imagem em movimento, uma imobilização. *Ele* se lembra como, no passado, assistindo um filme no cinema e, sobretudo na televisão, tarde da noite, sentia-se às vezes num universo de fantasmas. Atores mortos há anos, há décadas, ressurgem a cada vez que se aciona um projetor e é como se sempre tivessem estado ali. À noite, assistindo televisão no escuro, banhado pela luminosidade azulada do aparelho que exibe um filme antigo, sente-se num universo de fantasmas — e essa não era sempre uma sensação agradável. Agora, *ele* considera a hipótese de que o cinema seja o máximo de movimento possível, o máximo possível de modificação de estados, com o máximo de fixidez aceitável. Isso poderia constituir um antídoto para a depressão, se Godard estivesse certo. O deprimido que não se compraz na depressão quer sair, sair de si mesmo, sair de onde está, mover-se — e ao mesmo tempo permanecer, ter certeza de que ainda é *ele* mesmo, que pode reconhecer-se. Esses dois momentos contrários, mas talvez não contraditórios, podem significar a superação da angústia de sentir-se imobilizado e ao mesmo tempo condenado ao desaparecimento. A depressão, claro, é a imaginação da morte. Mover-se e simultaneamente permanecer, ir adiante mas não adiante demais, não irreversivelmente adiante demais: esse seria o antidepressivo ideal. O antidepressivo possível. As palavras, pelo contrário, abolem o tempo e, por esse viés, eliminam o movimento. Permanecem *demais* — e o que mais apavora na depressão é a permanência. No limite, a eternidade. As imagens pintadas, como nos quadros de Van Gogh, também *permanecem* demais. Inútil saber, ou supor, *ele* se diz, que a visão, quer dizer, a recepção, o entendimento dessas imagens pintadas, pode mudar de uma época para outra, de um observador para outro. Para o mesmo observador, elas permanecem demasiadamente idênticas a si mesmas por um tempo excessivo. Como as palavras. Por isso, talvez, *ele* descobre agora, nunca tenha feito questão de *ter* um quadro na parede, um quadro de Van Gogh ou um quadro de Hopper, ou um quadro de Monet, pelos quais de todo modo nunca poderia pagar. Ver rapidamente um quadro, num museu, sim. Durante 30 segundos, um minuto, cinco minutos, às vezes quinze minutos — certa vez, *ele* se lembra, durante meia hora: meia-hora inteira! Voltar a ver o mesmo quadro um ano depois, numa nova viagem: perfeito. Essencial. Rever, recompor na cabeça, diante da tela observada, uma imagem que acreditara ter inteira, em todas suas partes, formas e cores, e que *ele* descobre, na revisita, ser incompleta, não bem como havia imaginado, ou que era, sim, como havia imaginado porém muito mais do que havia imaginado: maravilhoso. Ter um quadro na parede, no entanto, nunca lhe fora essencial. Nunca compreendera por que algumas pessoas insistiam em ter o mesmo quadro na parede durante anos. Para *ele*, impensável. Agora entendia sua recusa. As imagens fixas, como as palavras, são, para quem as faz, uma prisão. E para quem as vê. Algo do gênero terá levado Fellini a dizer que toda arte é reacionária porque a arte quer conservar alguma coisa, e a conservação é o fracasso, a busca da conservação é a aceitação do fracasso. As imagens em movimento escapariam a esse destino, sugere Godard. As palavras e as imagens pintadas patinam no mesmo lugar, não avançam. As palavras e as imagens pintadas são a altura negativa do horizonte aparente. O cinema consegue erguer o olhar, se não acima do horizonte aparente, pelo menos até o nível do horizonte aparente.

Ele se convence, mais uma vez, de que as palavras estão na base de sua depressão.

E a música, *ele* se pergunta? Repara que nos últimos meses tem cada vez mais dificuldade para ouvir o que chamam de música clássica, música erudita, a música de Beethoven, Schubert, Brahms, Webern. Lembra como, antes de eclodir sua segunda crise, *de repente* começou a não suportar mais ouvir música clássica. Recorda como, depois de alguns minutos de deixar alguma música clássica tocando em segundo plano para prender sua atenção flutuante, uma sensação de opressão tomava conta dele e o obrigava a desligar o rádio ou o que fosse que estivesse ouvindo. Não importava muito o tipo de música erudita, ópera, música barroca, música romântica, atonalismo. Nesse estado de espírito, várias vezes surpreendeu-se constatando que não era afinal nada incompreensível que as "camadas populares" e as pessoas "sem instrução", "sem cultura", não suportassem ouvir música erudita. Por que ouviriam, se provavelmente se sentissem *na fossa*, como *ele* vinha se sentindo ao ouvi-la? Na fossa, exasperado, encurralado: era assim que vinha se sentindo ao ouvir música clássica. E assustou-se ao rememorar que durante anos, durante largos anos, durante décadas, deixara constantemente o rádio sintonizado, enquanto trabalhava, numa rádio FM de música erudita. Imaginava a lenta ação de solapamento, pela música erudita, de sua moral, de sua vontade de viver, ao longo de todo aquele tempo. Nunca teria considerado essa hipótese se, um dia, não tivesse sentido nos nervos, nos músculos, no corpo todo e não apenas na mente, a exasperação súbita por estar ouvindo música erudita. A música erudita como instrumento da depressão. Mais uma vez, constatava que sentir e saber são duas coisas distintas e que saber sem sentir era totalmente insuficiente, inútil. Pensava isso por que sempre *soube* da opinião de Platão sobre a música, exposta sem ambiguidades em *A república*. Conhecia as idéias do grego sobre a música, escrevera sobre elas e, percebia agora, nunca se dera conta de seu significado profundo. Quando o homem se entrega ao som da música, escreveu Platão, suas energias, seu espírito de iniciativa, sua vontade se amolecem, assim como o ferro é amolecido na fornalha. E se esse homem não romper o encantamento da música e continuar entregue a seus sons, o estágio seguinte por que passa é o do derretimento total da consciência até que seu espírito escorra inteiro para fora e seus *nervos mentais* sejam seccionados. Nesse ponto, esse homem transforma-se no que Homero chamava de frágil combatente, lânguido lutador. A música como modo de lavagem cerebral. A *música erudita* como modo de lavagem cerebral, acrescentou **ele**.

Durante aqueles anos todos em que se apoiara em alguma música de fundo, não como fonte de inspiração, mas como ruído branco para contrabalançar os perturbadores ruídos humanos à volta dele, no apartamento de cima ou de baixo, ou no prédio ao lado, do qual saíam os sons de uma música insuportável, não sentira seus nervos mentais sendo seccionados. Mas agora tinha de render-se à evidência de que seus nervos mentais *estavam* serrados, desconectados, no mínimo avariados, entupidos. Enfarte emocional. Entendia *agora* o que Platão havia descrito. Sentia na carne, visceralmente, a verdade possível das palavras do filósofo.

Tolstói foi ainda mais incisivo: "Quando se quer escravizar pessoas, deve-se recorrer à música o mais possível". Tolstoi não incluía, entre os instrumentos da escravidão induzida, a música popular. Falava claramente contra a música erudita. Teria profundamente razão, Tolstoi também? E Nietzsche, ainda. Nietzsche, um melômano, portanto insuspeito. Em *O viajante e sua sombra*, Nietzsche também fala dos efeitos emolientes e pouco viris da música — da música romântica, seu alvo imediato, e da música em geral. A música não excita, não move para a vida, escreveu o filósofo: apazigua. Se produz alguma perturbação, é apenas para enervar mas não para provocar, fazer reagir. Nietzsche traduz em termos contemporâneos a observação de Tolstoi. A música, para Nietzsche, é modo de expressão das consciências adialéticas e dos povos apolíticos. Adialéticas, as consciências, porque amortecidas pelas brumas de um pensamento inefável; apolíticos, os povos, porque acostumados à inércia sob governos autoritários, acomodados nas compensações inofensivas da música. Consciências adialéticas no sentido de mentes avessas ao diálogo, à conversa, à troca de argumentos num mesmo nível, no nível em que um dos interlocutores pode influenciar o outro. Povos apolíticos no sentido de pessoas que não realizam a ação na cidade, na comunidade, pessoas apassivadas, isoladas, fechadas em si mesmas, atordoadas pela inércia ("o tédio entorpece", anotou Benjamin), dopadas — como os dopados pelas drogas... ou pela música.

Pensa na música e pensa em Nietzsche defendendo a "mediterranização" da música como forma de retorno à natureza, à saúde, à juventude, à virtude... à alegria de viver. No sul, no sol, no azul, no sal estava a virtude para Nietzsche, não na música de decadência do norte, a música da corrupção wagneriana, a música da corrupção *moderna*. Na arte séria reside um trágico engano. No risível, no gozoso, na alegria está a virtude. Pergunta-se *quanto* foi corroído pela música erudita, todos aqueles anos. *Quanto* sua vontade foi minada por aqueles sons que pareciam servir de cenário sustentador de suas idéias quando na verdade minavam todos os nervos emocionais que sustentavam, mais abaixo, aquelas idéias — que *deveriam* sustentar suas idéias e que eram impedidos de fazê-lo. Pensa nos amigos que ouviam quase exclusivamente música popular, repara que nenhum deles parecia contaminado pela depressão. Apesar de tudo que se pode dizer sobre a *química* da depressão, não era coincidência demais? Tolstói poderia estar certo, afinal: a salvação estava no popular. *Ele* quer deixar de ter bons sentimentos, idéias equilibradas sobre a arte, a música. Sobre tudo. A conseqüência desse desejo é entender, *definitivamente*, que a música erudita pode ser estranha a pessoas embaladas por um forte desejo de viver, pode ser estranha a pessoas que não se acostumaram a ela, que não foram educadas para ela, quer dizer, que não foram condicionadas por ela. A música erudita como manifestação do desejo de morte, de obnubilação romântica diante da realidade, de fuga da vida. Por que não se poderia entendê-la assim, contra as idéias culturalmente bem-comportadas?

Ele quer deseducar-se da música erudita. Isso o leva a reconhecer que ainda há algo dentro de si que insiste em convocar a alegria de viver. Um sentimento de esperança — que não chega a animá-lo por inteiro.

A rotina. Os estados normais. A repetição infindável dos mesmos gestos. Um momento de rotina que lhe corrói a alma há anos, e que a cada repetição o joga mais fundo na depressão: o momento de deitar-se na cama, toda noite. Deitar-se na cama afastando os lençóis sempre da mesma maneira, quase sempre da mesma maneira, sem pensar, sem desejar que seja sempre da mesma maneira e no entanto sendo sempre da mesma maneira. E em seguida repousar a cabeça no travesseiro sempre do mesmo modo, e olhar para a direita sempre para o mesmo ponto, e pegar um livro que, mesmo sendo a cada vez um livro diferente, é sempre um livro. E depois apagar a luz sempre do mesmo jeito. Dia após dia, ano após ano. Terrível, no estado depressivo, é aceitar com tranqüilidade a idéia de que um dia esse ritual *odioso* será interrompido, não se repetirá mais. Pela primeira vez em sua vida, entende que as pessoas possam descobrir-se, um dia, cansadas de viver e vislumbrar na morte um alívio. Terrível, aceitar essa idéia. Luta contra ela mas percebe que ela de algum modo já se instalou em sua alma.

Outra rotina que o desbasta por dentro, aos poucos: passar sempre pelas mesmas ruas, de carro, para ir sempre aos mesmos lugares. Uma corrosão um pouco menor, porque a velocidade do carro sempre amortece algumas sensações, desvia a atenção para outras idéias — e sempre algo diferente se revela, uma pessoa, uma cor, uma claridade. Melhor do que a rotina da cama, que o deixa sempre diante de si mesmo, do mesmo lugar, do mesmo móvel, do mesmo objeto, da mesma disposição de corpo, da mesma prática onírica. Mesmo assim, apesar das mudanças de superfície, sempre a mesma rua, o mesmo percurso. Não suporta esses estados normais.

Nem os estados anormais.

O frio. O frio nas pernas, pela manhã — frio a ponto de ter de voltar para a cama, enfiar as pernas sob o cobertor mesmo que comece a suar. Depois, o frio nos braços, mesmo a uma temperatura que, antes, lhe teria sido agradável. A depressão tem para *ele*, agora, essa nova imagem: o frio, um frio que *ele* sabe vir de dentro. O frio da alma. Finalmente sabe o que é o frio da alma, o frio *na* alma?

Sente um frio imaginário ou está realmente frio?

Não ter certeza de seus sentimentos — nem, agora, de suas sensações: deve ser isso a depressão.

Acordar com insônia no meio da noite. Primeiro, a preocupação: volta a dormir? Depois, o prazer atormentador: sentir o lençol em volta do corpo como um carinho, como uma presença — sentir o lençol como a única presença possível de um outro corpo junto ao seu, mesmo que um

corpo sem alma. Procura acreditar que o lençol devolve a
seu corpo o calor humano que seu próprio corpo irradia.
Procura acreditar, portanto, que isso é bom, sinal de que se
aceita, enfim. *Ele* mesmo se acaricia.

A idéia não o convence. Mesmo assim, sente prazer
físico no contato com o lençol. No momento, basta. No
momento, parece lhe bastar.

No início, *ele* se perguntou se era o responsável, o
principal responsável, pela depressão em que mergulhava.
Ao perguntar-se isso, na verdade *suspeitava ser ele* próprio o
responsável por sua depressão. *Tem certeza* de ser *ele* o
responsável. Toda a cultura científica e literária que o formou
aponta para isso. Acredita existir uma falha em seu caráter,
imagina carecer da força vital necessária para mantê-lo na
normalidade. Acha possível que sua *vontade* seja de algum
modo *deficiente*. É o próprio homem enfermo que cria sua
doença, afirmou Groddeck, fonte de Freud na aventura
psicanalítica. Nesse caso, o doente deveria sentir vergonha
por tornar-se doente. Fica-se doente porque se quer ficar
doente, porque se é fraco, débil, porque não se é afirmativo,
positivo. O que significa que o doente merece a doença.
Essa é mais uma fantasia punitiva, escreveu Susan Sontag
ao discutir a doença como metáfora. Se alguém está doente,
é por merecer a doença, dizem. Portanto, arranje-se. É uma
monstruosidade, afirmava Sontag, dizer que o doente no

fundo escolhe ficar doente. O homem enfermo tem de enfrentar a doença e, além dela, sua suposta responsabilidade pessoal pela doença. E talvez esteja acima das forças do ser humano lutar contra uma doença e contra si mesmo por supostamente causar em si próprio essa doença. Na primeira vez em que leu Sontag sobre isso, não se convenceu inteiramente de que ela pudesse ter razão. Sabe, agora, por que não se convenceu: naquele momento, não estava doente. Naquele momento, aquele era um assunto que lhe dizia respeito intelectualmente, mas não pessoalmente, afetivamente, fisicamente. Naquele momento, fora um assunto sobre o qual manifestara um *interesse*. Passeara seu interesse sobre aquele tema como fizera com tantos outros: à distância, por fora, de longe. Alimentado pela cultura psicanalítica da responsabilidade de cada um por tudo que lhe acontece de mental e físico, acreditara que Sontag procurava, no fundo, desculpar-se pelo que lhe acontecia (um câncer).

Essa leitura acontecera anos atrás. Entre aquele momento e *agora*, toda uma revisão da cultura psicanalítica fora feita. Um processo cultural. *Ele* também revira sua posição, há muito vinha revendo sua posição. E agora acreditava alcançar o sentido pleno do que Sontag dissera, concordava com ela. Tinha de afastar da mente as fantasias autopunitivas. Não era a cabeça que produzia a doença, não podia compreender a depressão como um teste do caráter, não podia ver a doença como consequência e sinal de algo que se passa no interior do indivíduo. Pelo contrário, o que se passava em seu interior era resultado da doença. Se a depressão resulta da falta ou diminuição de uma substância no organismo, e se a ingestão de determinados medicamentos pode corrigir o problema (com maior ou menor rapidez, conforme o caso — e em todos os casos mais rapidamente do que pela terapia analítica), não fazia mais sentido insistir nas fantasias autopunitivas. Esta conclusão deveria fazê-lo sentir-se melhor, mais livre, menos pesado.

E no entanto, não. Se cair doente não dependia mais de sua vontade, então *tampouco dependia de sua vontade sair dd doença*. *Ele*, que sempre apostara em seu poder de controlar o próprio corpo, ou pelo menos a parte desse corpo que lidava com as idéias, as emoções e os sentimentos, via-se forçado (*ele* mesmo se forçava) a abrir mão dessa imagem. Ficava à deriva da ação de substâncias orgânicas e químicas sobre as quais não tinha qualquer poder.

Compreendia o processo: a crença no poder da razão — em todo caso, no poder da palavra —, que estava na origem da cultura psicanalítica, fora a responsável pelas imagens de um homem capaz de provocar em si mesmo certas reações e, em seguida, controlá-las ou não conforme sua vontade — consciente ou inconsciente. Essa crença havia sido corroída por dentro ao longo de todo o século 20. Sobrava, para o homem, reconhecer suas limitações também nesse aspecto. A explicação pela palavra, e a conseqüente cura pela palavra — pelo verbo, pelo logos, pela argumentação —, tivera seus domínios vastamente desapropriados: sobrava-lhe agora pouco ou menos terreno de manobra. O caráter, a personalidade, não era mais (não era mais apenas) uma construção humana, uma construção daquilo que é considerado próprio do homem: a idéia, uma idéia de si mesmo. Líquidos, substâncias, matérias respondiam por grande parte dessa operação. Descobria-se obrigado a entender isso. Estava pronto para aceitar isso?

Dificilmente. Os exemplos em contrário, na cultura, estavam por toda parte. (Na cultura! Estava farto de cultura.) *Morte em Veneza*, de Thomas Mann: um homem sofre de frustração e saudade, sofre diante de uma impossibilidade, por isso adoece e morre. Ou sofre dessa frustração e dessa impossibilidade, enfraquece suas resistências, contrai a doença (a peste como metáfora) e morre. Ou sofre com a frustração e entrega-se deliberadamente à doença, para morrer. Em qualquer das hipóteses, a psique desse homem controla seu corpo, decide o curso da vida. Ou da morte. Natural que fosse assim em Thomas Mann, um romântico que não aceitava a idéia do romantismo, que não se via como romântico. Não fora esse mesmo Thomas Mann que falara dos sintomas da doença como simples manifestação disfarçada do poder do amor, não fora *ele* que descrevera a doença como uma transformação do amor? A depressão do homem apaixonado em Veneza era uma doença da paixão. Nenhuma causa orgânica, exterior, para essa doença: seus próprios sentimentos, sua própria vontade, quer dizer, seu próprio imaginário, a representação que esse homem fazia de si mesmo e das relações que mantinha com os outros e com a vida, eram o responsável por sua doença e sua morte. Como escapar da ascendência dessa idéia, repetida e ilustrada centenas, milhares de vezes nas *obras de cultura*? Repetida e ilustrada centenas, milhares de vezes na cultura em que *ele* se formara, que o formara. Uma geração inteira, no mínimo duas, talvez três gerações, acreditava, passariam antes que surgisse um homem liberto da crença de ser, *ele* mesmo, o único causador de seus problemas e o único agenciador de suas soluções.

Era capaz de ver, agora que se reconhecia doente, como estivera na infância e na juventude sob o império de imagens que cultuavam a depressão ou, em todo caso, a melancolia. Durante quanto tempo, na adolescência, não compartilhara da idéia do deprimido como alguém particularmente interessante, porque diferente? Não recorrera a esse termo, claro: naquele momento não se falava em deprimido, falava-se no melancólico. Nem no melancólico se falava, mas no *triste*, aquele que tinha uma visão soturna da vida e do mundo — aquele que aceitava a idéia da morte, se é que não a procurava; aquele que morria *antes*, morria jovem, morria na força da vida. Naquele, em outras palavras, que era *romântico*, naquele que era *o* romântico. O romântico como o interessante, isto é, como o triste, o melancólico, o mórbido.

Numa palavra, como o doente. Schlegel descreveu o "interessante", o romântico, como o tipo ideal da modernidade poética. E Novalis falou da doença como o único tema e fonte de interesse — nunca a normalidade, o estado saudável. A normalidade é o comum, a doença é o individual, o singular, o que se nota. A normalidade é a cultura, a regra; a doença é a exceção: a arte. Daí, o artista como um doente, como o diferente, aquele que justifica o interesse. Não era essa a imagem cultuada em seus tempos de faculdade, quando se discutiam os poetas do passado, vestidos em suas capas e chapéus pretos, que se atormentavam ao longo de suas curtas vidas antes de contraírem o mal romântico da época, a tuberculose, e morrer? Sofriam, criavam sua arte e morriam de doença — procuravam a doença para morrer. Não era esse o imaginário em que mergulhara quando jovem? Olhando agora à distância, pergunta-se como pôde confundir a criação (a arte) com a doença (a morte). Que cultura doente era essa, e essa sim de fato doente, que jogava a arte no campo da morte e levava as pessoas a confundir a criação com a ausência de vida?

O triste, o sério, era — parecera-lhe, como a tantos outros — especial, diferente. Atraente. Os outros, parecia, achavam o triste atraente. As mulheres, tivera a impressão, achavam "diferente" o homem triste, o homem sério. Perguntava-se agora se não se tornara triste por opção cultural. Vestira a máscara da melancolia por muito tempo, tempo demais. E finalmente a máscara colara-se em seu rosto, não havia como tirá-la. Ou tirá-la, agora, não dependia mais de sua vontade mas do poder químico dos medicamentos. A tristeza, a melancolia como sinal distintivo do jovem diferente, do jovem com tendência artística, do jovem interessante, sensível, refinado: deixara-se dominar por um imaginário do século passado que sobrevivera até mais da metade deste. Entregara-se a esse imaginário porque a cultura do século XX estava ela também, nas primeiras cinco décadas, embebida na imagem da melancolia, da tristeza, da angústia. Não lera Stendhal, quando adolescente, mas lera Sartre, o Sartre da *Náusea*, da angústia existencial, da melancolia, da tristeza, dos jovens parisienses vestidos de preto enfiados em bares escuros e encurralados pela vida. *Ele mesmo sentira* essa náusea, verdadeiramante, ou aderira ao imaginário da náusea por opção cultural, vontade? No final da vida, Sartre admitiu que nunca sentira a náusea descrita em seus personagens, e que só escrevera sobre ela, só a fizera personagem central de suas obras, porque era isso que o público da época queria. Quando *ele* soube disso, quis rasgar todo seu Sartre. Riu de si mesmo, idiota que havia sido levando a sério tudo aquilo. Que infantilidade a sua. Como caíra naquela? Aos poucos, molemente, morbidamente, adotara uma visão de mundo que era apenas um recurso literário, e uma desinformação. Não o fizera conscientemente, deliberadamente — mas o resultado era o mesmo. Não estivera sozinho, nessa opção: falsas idéias durante muito tempo associaram a tuberculose à criatividade a ponto de, no final do século passado, ecoando um senso mais ou menos comum, um crítico, escreve Sontag, ter imaginado que o gradativo desaparecimento da tuberculose, graças aos novos medicamentos, traria consigo o declínio das artes. Assim como hoje se associa a AIDS à sensibilidade e à criatividade: todo artista, todo ser criador é, no imaginário geral, um aidético em potencial, assim como a AIDS acabará ceifando as artes de modo irreversível. Ainda, e como sempre, a cultura e as artes são imaginadas como o lado doente da humanidade, o lado maléfico. Lado interessante, atraente, sensível, criativo, inteligente — mas doentio. Quando a tuberculose sumiu, e enquanto a Aids não surgia, a loucura assumiu o papel de sinal e sinônimo contemporâneo de sensibilidade superior e criatividade. Van Gogh, Artaud, tantos. Para ser artista, era preciso ser louco. Só alcançava a arte quem atingisse a insanidade. Só procurando a insanidade poderia alguém criar algo de profundamente verdadeiro, interessante, revelador. O surrealismo foi o ponto alto dessa procura intencional da insanidade, foi o máximo de insanidade que a razão pôde perseguir e conhecer. Quando seu filão se esgotou, voltou-se ao recurso das drogas. Havia, depois do surrealismo, novas drogas a experimentar. No século XIX, os artistas, os literatos, os criadores cultuaram o ópio (Thomas Quincey e tantos mais). E a morfina, e a cocaína, que deliciava Freud. Mas essas eram drogas malditas, sujas, rudimentares — e a longo prazo apossavam-se da razão, dominavam-na por completo e frustravam o sonho criativo dos artistas. A invenção do

LSD veio dar uma roupagem aceitável à procura da desrazão. Aldous Huxley popularizou a viagem lisérgica como uma experiência científica de fuga (controlada) da razão a caminho da criatividade liberada. Seu livro *As portas da percepção* foi a cartilha do jovem criador do século XX avançado. Da tuberculose ao LSD passando pela loucura: esse foi o caminho privilegiado da criatividade nos últimos 200 anos. Corria-se o risco de contrair tuberculose, flertava-se com a loucura enquanto se invejava os realmente insanos, construia-se a insanidade (contradição nos próprios termos) do surreal, procurou-se as drogas sintéticas como instrumento de suposta entrada e saída controlada na desrazão propiciadora da criação. Apenas a Aids, ponto extremado da Doença, símbolo mediático por excelência da Doença, não tem (ainda, em todo caso) o prestígio cultural da tuberculose e da loucura embora sendo (ainda, em todo caso) vista numa íntima associação com a criatividade.

Quem não contraiu a tuberculose nem deslizou na direção da loucura, não quis ou não se atreveu a recorrer às drogas, encontrou na melancolia e na depressão, real ou simulada, um tótem distintivo. (Mas *ele* sabe agora como a depressão pode estar a um passo da insanidade, a uma ínfima distância da loucura — e isso o aterroriza. Agora tem medo, medo visceral, da loucura.) Walter Benjamin. Walter Benjamin, por exemplo. Em seu último livro, escrito antes de suicidar-se numa crise de depressão enquanto fugia do nazismo, Benjamin sugere que a melancolia — antigo nome da depressão para designar os estados de tristeza causada, como se supunha, pela bílis negra — é a origem da verdadeira compreensão. Quando *ele* descobriu isso, já em depressão, ficou pasmo. A verdadeira compreensão da história, escreveu Benjamin, é um processo de empatia cuja origem é a indolência no coração, *acedia*. Não podia evitar a idéia de que ou Benjamin fracassara em sua tentativa de compreender o mundo ou se equivocara tragicamente ao aceitar a imagem da melancolia como parteira da compreensão. Tentou entender por que Benjamin escrevera aquilo. Pensou, por exemplo, que a melancolia, como doença, era ou um bom pretexto ou a condição para alguém retirar-se da vida cotidiana comum, entregue ao massacre do trabalho banal, e encontrar tempo para pensar e criar. Como os românticos, que viam na invalidez uma desculpa para dedicar-se à arte. Pensou, ainda, ser possível dizer que a melancolia traz em si a dose certa de pessimismo requerida pela reflexão intelectual. (Gramsci condensou a crença nessa necessidade na palavra de ordem "pessimismo na análise, otimismo na ação".)

Mas não, *ele* não podia agora — não podia mais — defender a melancolia. Menos ainda aceitar a depressão, versão científica da melancolia. (Existiu de fato, alguma vez, a melancolia ou a melancolia é apenas uma figura literária que designa artisticamente, eufemisticamente, a única realidade perene: a depressão?) Depressão é a melancolia sem seus encantos românticos? Talvez. O melancólico ainda é capaz de refletir, embora não de agir, enquanto o deprimido não faz uma coisa nem outra? É possível. A melancolia é um estado de espírito, como sugere Benjamin, enquanto a depressão é uma condição orgânica? Quer dizer, a melancolia é uma idéia, uma máscara artificial, enquanto a depressão é *a coisa real*? Pode ser. De um modo ou de outro, constata agora que talvez tenha se deixado influenciar demais, quando jovem, pelo imaginário da melancolia e que a reiteração desse estado de espírito tem algo a ver com a depressão em que depois penetrou. Se for assim, a depressão não é, ou não é inteiramente, uma questão química. Pode ser também uma questão de *palavra*. Neste caso, uma questão de vontade. Se for uma questão de vontade, o homem pode provocar uma doença em si mesmo e a fantasia punitiva e autopunitiva deixa de ser uma irrealidade. Neste caso, Katherine Mansfield estava certa quando escreveu em seu diário, em 1923, que tinha de curar seu eu antes de ficar boa da doença que a acometia, que precisava, antes de sarar organicamente, reapossar-se de sua mente, *controlá-la* novamente. Neste caso, Mansfield estaria certa e Sontag, errada. E neste caso, *ele* não encontraria no medicamento alopático a salvação que esperava conseguir mais ou menos comodamente, sem muitos gastos com analistas, sem muitos inconvenientes físicos. Sente-se novamente encurralado.

Não é isso a depressão, afinal?

E se, *naquele tempo*, deixara-se dominar pelo imaginário da melancolia, por que *ele* (a inevitável pergunta, aqui como no câncer e na tuberculose e na Aids) por que justamente *ele* e não um outro qualquer? Tem uma falha estrutural de caráter, carece de vontade vital suficiente ou apenas teve sempre, sem saber, uma insuficiência de serotonina? Não sabe. Hesita. Não é isso também, a depressão?

A depressão é um processo químico? Não, a depressão é a vida, *ele* tende a acreditar, naquele instante. Que conseqüências extrair dessa constatação?

As vênus delicadas e levemente melancólicas de Botticelli. Outra imagem que povoou o cenário de seu culto semiconsciente da melancolia. Sempre se fascinara pelas imagens femininas de Botticelli. E continuava tocado pela aura daquela fascinação. Uma beleza suave, uma beleza tímida. Uma beleza, isto agora lhe era claro, triste. Não triste: entristecida. Uma beleza que parece hesitar revelar-se, reivindicar seus dons, seus direitos. (Há um direito à beleza?) Uma beleza que, mal se expõe, procura recolher-se, deixando no observador uma impressão fugaz daquilo que é. Deixando no observador a imaginação do que *poderia ter sido*. Perguntava-se agora se o que o atraíra nas vênus de Botticelli não fora a presença da melancolia, a sugestão da melancolia, a possibilidade da melancolia. O mistério da melancolia. O abismo da melancolia. Como nas mulheres comuns de Modigliani. Como nas vênus contemporâneas de Modigliani. Um traço de melancolia será sempre marca do Belo, escreveu Edgar A. Poe. Na origem dessa observação, a mesma crença na melancolia como sinal de distinção, superioridade. *Ele* sempre intuíra essa marca melancólica em Botticelli ou apenas projetara sobre as imagens do pintor uma imagem construída por *ele* mesmo? Não, *ele* não inventara a melancolia, a melancolia estava fora dele. Estava fora dele *também*. Pensa na Mona Lisa, no sorriso "enigmático" da Mona Lisa. Não é um sorriso enigmático, é um sorriso esboçado, um sorriso receoso. Um sorriso forçado, um sorriso que precisa mostrar-se? Quase certamente. Não há nada de enigmático no sorriso da Mona Lisa: a estética da época, a ética da estética da época ditava que as imagens pintadas deveriam mostrar-se no estado de *kalokagatia*, equilíbrio entre corpo e alma a ser expresso, exteriormente, sob os traços da serenidade. O mesmo ideal da Grécia clássica, que a Renascença italiana ressuscitou e talvez deformou. *Kalokagatia*: nada de excessos, nem alegria demais, nem raiva demais, nem tristeza demais. Uma certa impassibilidade, um controle das emoções. O mesmo que à época pregava Baltazar Castiglione, ao escrever *O cortesão*, manual do bem viver em sociedade (em sociedade refinada, isto é).

O homem educado, recomendava Castiglione em seu livro de etiqueta mundana e intelectual, não deveria rir, apenas sorrir; não deveria falar alto, mas emitir a voz de modo a que apenas os mais próximos a ouvissem; não deveria fazer gestos destacados, mas mover elegantemente o corpo no espaço. Conter-se, em suma. Policiar-se. Elevar-se. Olhar o mundo a cavaleiro. Está autorizado, talvez, a sentir emoções. Não a manifestá-las. Para não fazer o que os outros, os iguais, fazem. Para não impor suas emoções aos outros. Para não se frustrar ao descobrir que, manifestando-as, elas não são recebidas, nem correspondidas. (Quantas vezes não ocultou sua alegria, seu estado de espírito solto, despreocupado, para — acreditava *ele* — não tornar mais aguda a não-alegria de outros a sua volta? Em que medida não ocultou tanto sua alegria a ponto de bloquear a possibilidade de senti-la, de perceber que ela estava a seu alcance?) Toda uma cultura sob o signo da auto-repressão — em nome de uma serenidade inviável, em nome do medo, em nome do preconceito. A Mona Lisa como a quintessência da contenção, da sufocação dos sentimentos e emoções, do simulacro — na hipótese mais amena, em nome de uma raridade ideal que significa a negação do humano no homem. A Mona Lisa sorri o sorriso da aniquilação, do nada, o sorriso da morte. Isso é o que atrai a humanidade na Mona Lisa. Dela, também dela, foi herdada a idéia de que a melancolia, mesmo sublimada, é sinal do Belo.

Ele trocaria essa beleza pela eliminação da melancolia. *Agora*, faria essa troca.

Mas, que melancolia *ele* tem, afinal? Que melancolia *ele* cultiva? Como quase tudo já foi dito, quem lhe dá a réplica é Jaques, do palco de *As you like it*: "Não tenho a melancolia do erudito, que é emulação; nem a do músico, a fantasia; nem a do cortesão, que é a soberba; nem a do militar, que é a ambição; nem a do legislador, a política; nem a de uma dama, suave; nem a do amante, que é tudo isso; mas uma melancolia minha, pessoal, feita de muita coisa, refinada de várias substâncias, mais exatamente fruto de múltiplas reflexões durante minhas viagens e que, através de um interminável remoer de idéias, me envolve numa caprichosa tristeza".

Essa é minha melancolia, *ele* reconhece. Exatamente essa.

Pouco antes, Jaques admitira, para Rosalind, que era bom ser triste e ficar sempre quieto no seu canto. E Rosalind retrucara: "Nesse caso, é bom ser poste".

Um poste, *ele* lembra retroativamente a Rosalind, não se tortura e se contorce por dentro.

Pela manhã, assim que acorda, ainda se sente tranqüilo, em acordo com a cama. Confortavelmente tranqüilo. A escuridão relativa do quarto reconforta. Os sonhos não se dissolveram de todo, a memória recupera parte das imagens noturnas e as atrela a vagas elaborações semiconscientes a que se entrega com prazer. De repente, sem antecipação, sem mediação, a consciência instala-se, plena, como se um interruptor tivesse sido acionado. Num milésimo de tempo, a consciência toma conta de toda sua mente e com ela, a angústia. A consciência das coisas e o imediato desespero. Não é sequer a consciência de alguma coisa precisa, a percepção de um estado definido. Basta que se estabeleça uma ligação direta entre as coisas, o mundo, e a consciência: o desespero indefinido se instala.

Sai da cama olhando para o chão — como se, evitando olhar o mundo de frente, o mundo não o olhasse de frente e não o achatasse com seu peso acusador.

(Gostaria de saber qual a acusação feita contra *ele*, que acusação *ele* mesmo se faz.)

E em seguida, o frio, outra vez. O frio da alma. O frio da alma que vaza da alma e invade o corpo por dentro. Finalmente, sabe o que é o frio da alma. Finalmente, *sente* o que é o frio da alma.

Não sabe se está realmente frio ou se o frio está apenas instalado no interior de seu corpo. Não é *apenas*: é exatamente esse *todo* o problema.

Uma noite, viajando, descobriu-se sem pijama na mala e dormiu nu. O contato direto do corpo com o tecido aconchegante não apenas o reconfortou, como a cama vinha fazendo: despertou-o sexualmente. De bruços no colchão, sentia, mais que tudo, seu sexo estimulado.

Naquela noite, teve várias ereções, perturbando seu sono.

Nas noites seguintes, mesmo sem precisar, voltou a dormir nu.

Deve ser isso também, a depressão, *ele* pensou.

Não tanto a relação com um objeto — o colchão, o lençol. A solidão, sim.

A solidão é a depressão, pensou.

O heroísmo de continuar a viver, de tentar viver.

Há mesmo algum heroísmo nisso?

O entorpecimento da consciência é tudo, *ele* lê no título do conto do escritor americano.

Para sociólogos que se interessam pela crise da psique

na modernidade, e para psicólogos que se interessam pelas causas sociais da crise da psique moderna, aqueles que não têm consciência de seu desespero diante da vida atual estão talvez ainda mais afetados do que os que permitem que esse conhecimento suba à tona. Ou então, dizem, os que não experimentam essa crise devem ter ficado à margem do fluxo principal da corrente social por razões geográficas ou ideológicas — moram no interior, longe do *spleen* baudelairiano das grandes cidades; têm fortes inclinações religiosas isolacionistas — e, assim, protegeram-se da ação desruptiva da modernidade sobre a personalidade. O que está implícito nessa observação, *ele* pensa, é a idéia de que na ignorância — ou no isolamento, o que é quase a mesma coisa — está a felicidade ou, em todo caso, a impassibilidade. *Ele* ouviu isso repetidas vezes, ao longo da vida. A ignorância como o nirvana, a reclusão fora da sociedade (no mosteiro, no deserto, na ilha perdida) como a salvação. Percebe agora como as duas imagens se sobrepõem e se fundem, como uma é o prolongamento da outra sob máscara diversa — como ambas são uma única e mesma coisa. Recorda-se da lenda bíblica: o sucumbimento à tentação do saber, a queda e a expulsão do paraíso — na direção do mundo. De um lado, o paraíso, o retiro, o lugar à parte; do outro, o caos e a tempestade identitária que desabam sobre o homem forçado a ganhar a vida em luta mortal *contra* os outros homens, afirmando-se *por cima* dos outros homens. O homem se separa de Deus, perde sua identidade de origem, identidade divina, atemporal, e é arrastado pela corrente da história, fluxo social devorador. A consciência da individualidade simultaneamente com a idéia da queda — quer dizer, da depressão...

Mas... *ele* é pai também e sabe e sente que a separação do filho provoca a queda, a depressão, *também no pai*. Por que a lenda não fala da depressão de Deus? Por que a lenda cristã, ocidental, não fala da depressão de Deus? Por que os deuses gregos entravam em depressão, choravam, se desesperavam, matavam e se matavam, se arrependiam — enquanto do desespero do deus ocidental nada se diz?

No final do filme português *A comédia de Deus*, o sorveteiro, criador de sabores, é expulso da sorveteria. Mas compreende muito bem a situação em que está e a situação em que estão os que o expulsam e diz: "Não são vocês que me expulsam, sou eu que vos condeno a ficar". Por que o homem, compreendendo a situação em que estava e a situação em que Deus estava — como qualquer filho compreende sua situação e a de seu pai nesse instante de ruptura — não disse a Deus: "Não é você que me expulsa, sou eu que o condeno a ficar"? Nesse ato, Deus estaria condenado à depressão eterna e o homem se salvaria. Buscaria sua salvação, pelo menos. Há tempo ainda para o homem dar essa resposta a Deus, para *ele* dar essa resposta a Deus, quer dizer, a si mesmo?

Como seria a depressão de Deus?, *ele* se pergunta.

Num primeiro instante, não tem resposta. Como seria a depressão de Deus, não o deus humanizado dos gregos mas o deus hiperbólico, a-humano, dos católicos? Deus pensou no suicídio, chegou a admitir, por segundos, que a morte seria bem-vinda? E como se sentiu nesse momento sabendo que a morte jamais lhe seria concedida? Simplesmente procurou esquecer que um dia teve filhos e seguiu vivendo sua não-vida eterna?

E lhe ocorre que *ele* mesmo é pai e filho e que portanto sua depressão é incomensuravelmente maior que a de Deus porque é uma depressão como filho expulso do retiro e uma segunda depressão como pai condenado a ficar para trás, a perder o filho.

Alguns dias, em alguns momentos de alguns dias, não sente medo da morte. Não sente medo de certas mortes, a morte por enfarte por exemplo. Também isso deve ser a depressão: não sentir medo da morte. Descoberta espantosa.

Ele olha para o chão mesmo quando não há ninguém por perto, mesmo quando está sozinho em casa, ao levantar-se pela manhã, para que seu olhar não cruze com o olhar do mundo, para que o mundo não o veja. No entanto não há ninguém nesse mundo a essa hora.

Só as coisas. Não olha para as coisas para que, primitivamente, as coisas não o olhem de volta. A depressão como a reconquista do sujeito pelo pensamento selvagem... A menos que a depressão seja um vasto narcisismo, um narcisismo absolutamente fora de controle: olhando para as coisas, olhando para o mundo, sente que é *ele* mesmo quem se olha de volta refletido nas coisas, refletido no mundo. E não suporta seu olhar. *Ele* está por toda parte e *ele* se olha de todos os lados. Só tem olhos para si mesmo. A depressão como um narcisismo em metástase, *ele* diria, se Susan Sontag não tivesse alertado para o recurso à metáfora do câncer. Mas é isso: a depressão como um narcisismo em múltiplas clonagens de si mesmo, num processo desenfreado de auto-reprodução que não se suporta a si mesmo, que sufoca sob o próprio peso.

Que fronteiras poderia impor a seu narcisismo? Que fronteiras poderia ter imposto a seu narcisismo a tempo de impedir que a depressão se instalasse? Você exige demais de si mesmo, você visou alto demais, deveria reduzir suas expectativas, deveria ter reduzido suas expectativas — lhe dizem. *Ele* não entende o sentido disso, não consegue entender por que deveria ter visado mais baixo. O que lhe repetem é a versão leiga para a lenda bíblica da queda do homem: você quis muito, agora pague o preço.

Não vai se submeter, não aceita pagar o preço.

Olhar para o chão, não olhar para o mundo. Tem uma vaga memória de que na infância andava olhando para o chão. Timidez, os pais diziam. Talvez, antes, uma depressão estrutural, genética. Instalada de longa data.

Não quer olhar para o espelho porque não quer ver sua idade. De repente começou a ver sua idade marcada nos traços do rosto. Essa a idéia que não aceita: a degradação, a decadência. Suporta-a menos que a morte. Um assento roto de cadeira, uma pintura de parede descascando num canto, uma cortina ensebada: insuportável. Esse desmoronar sobre si mesmo... Das coisas e das pessoas. O fim súbito de tudo *versus* a lenta corrosão das formas, da matéria, das idéias e das sensações: *ele* opta pelo primeiro.

Não tem condições de optar pelo primeiro, não tem coragem de optar pelo primeiro. Resigna-se a esperar que o primeiro possa acontecer por si.

Não suporta a idéia de deteriorar-se sob os olhos de quem amou, não suporta a idéia de ver quem amou deteriorando-se a seus olhos.

Em suma, não se resigna. Sua pena: a depressão. Que nada altera.

Um pássaro vem cantar (vem, enfim, emitir os sons que as pessoas costumam, em sua obsessão antropomórfica, identificar como o *canto dos pássaros*) próximo a sua janela, talvez no telhado de algum prédio vizinho. O canto do pássaro joga-o de volta para a infância, uma infância indefinida — um lugar no passado. E o passado é intolerável. O canto do pássaro lhe traz sensações térmicas do passado, sensações visuais fortes de um dia de verão, lembranças indefinidas de parentes à volta. *Ele* não quer que nada disso suba à memória. Receia ser obrigado, por algum motivo — econômico ou outro — ter de voltar a esse ponto do passado, a esse espaço do passado. A rejeição do futuro, a renúncia do passado, acima de tudo a insuportabilidade do passado: isso também é a depressão.

Pelo menos, a depressão evita que caia no passadismo, na *memorabilia*. Não, não gostaria de voltar atrás, de ter outra vez esta ou aquela idade, de refazer caminhos, de lembrar eventos e opções. Tem horror ao passado.

Esquivando-se do futuro e fugindo do passado, sobra-lhe viver o presente. Um dia quis optar viver pelo presente. Enquanto as consciências bem-comportadas indicavam essa opção pelo presente como um confinamento no presente, *ele* reivindicava o *aqui e agora* como a única alternativa válida para os fortes. Agora, *não consegue* viver o presente. Pensava poder viver no presente, pensava poder *viver* o presente, e seu presente revela-se manchado por um futuro insuportável e um passado inaceitável. *Ele não pode, ele* não tem poder.

A depressão como resultado da ilusão da auto-suficiência, do sonho infantil da onipotência narcisista: vê-se obrigado a considerar essa hipótese e no entanto ainda se recusa a aceitar a idéia de que o desejo de poder seja um sonho infantil.

Mais provavelmente, recusa desfazer-se de um *sonho infantil*. Ou dois. Esse e o sonho que contribuiu para acionar o mecanismo de sua depressão. Os sonhos infantis caem por terra e isso é intolerável, lê-se em todos os livros. Quer dizer, insistem ser inevitável que a maior parte dos sonhos infantis de todos caiam por terra e que é inevitável aceitar isso sob pena de entregar-se à desrazão. O que não escrevem com a mesma freqüência é que mesmo quando se realiza um sonho infantil esse sonho cai por terra. Aquilo que se pensava conseguir quando se *chegasse lá* não é aquilo que se obtém quando se chega lá. Não há nada *lá*, o que parecia estar *ali* está em outro lugar — se estiver. Se sabe disso, então deveria abandonar os sonhos infantis. É o que lhe diz o bom senso.

Não pode aceitar esse bom senso. O que significa que está mesmo às portas da insanidade. Mas esse bom senso é, *ele* próprio, a insanidade! Como em *Catch 22*, de J. Heller: o piloto militar quer deixar de voar, quer dar baixa; o único recurso é alegar insanidade; mas não pode agora alegar insanidade porque, para começar, só um louco se alistaria na força aérea...

Existir no intervalo. Com outras palavras, é isso que diz Thomas Bernard quando reconhece pertencer ao grupo de pessoas que não suportam nenhum lugar sobre a Terra e só se sentem bem (será que *ele* escreveu "felizes", no lugar de "bem"?, "só se sentem felizes"?; não *lhe* parece possível) *entre* os lugares de onde partem e os lugares para os quais se dirigem. Como *ele*, nas viagens. Viaja para fugir, admite, quando a amiga lhe diz que é isso que *ele* procura nas viagens: fuga. A amiga lhe diz também que é inútil viajar porque *ele* sempre leva a si mesmo nas viagens, e esse é o problema. É verdade, *ele* reconhece. Mas não deixará de viajar. *Voltar* é um tormento e *chegar* a algum outro lugar não é um alívio inolvidável. Mas *deslocar-se* é. Existir nesse intervalo de espaço. Existir no intervalo de tempo entre o presente *em que* não consegue viver (que *ele* não consegue viver), o futuro que não consegue enxergar e o passado que nada mais tem a ver consigo. Existir nessa fresta, minúsculo interstício. A poética do interstício: acredita, por um instante, que poderia praticar uma poética do interstício. Receia, em seguida, que esse intervalo não lhe permita nada além de uma existência virtual. No entanto, não era o que lhe sobrava? Viver virtualmente. Há, houve alguma vez possibilidade diferente? Olha à sua volta e, de repente, interstício é a única coisa que vê, um oceano de interstícios incomunicáveis. Como o homem que, no programa da TV a cabo, vai a uma loja de roupas íntimas femininas para comprar, para si mesmo, roupas íntimas de mulher. Quando a câmera o mostra, *ele* já veste um espartilho que a vendedora amarra. Um espartilho preto. O homem já vestiu calcinha preta e agora veste uma meia de seda preta que sobe até a coxa. Tenta prender a liga na cinta-liga e não consegue. A vendedora, sessenta anos, séria, ajuda-o, atenciosa, como faria como uma cliente: coloca-lhe a liga no lugar. E, depois, a vendedora enfia-lhe enchimentos, como os de ombro, sob a calcinha, na altura da bacia, para que a platitude masculina seja amenizada sob a máscara de ancas femininas. O homem termina de vestir-se como mulher, com uma peruca loira e baton vermelho nos lábios. O narrador diz que o homem não é homossexual: é casado, tem filhos, é heterossexual, apenas gosta de vestir-se de mulher. Não é *drag queen*, não quer exibir-se desmesuradamente, quer vestir-se de mulher. Vestido de mulher, instala-se provisoriamente num diminuto intervalo entre a masculinidade e a feminilidade, entre a heterossexualidade e a homossexualidade. O intervalo não é um estado, é um movimento, uma direção. Uma onda na água: uma pedra caiu num espelho d'água e forma-se, do nada, uma onda que se desloca provocando pequenas ondas sucessivas que desaparecem no nada, imperceptivelmente. O movimento no intervalo das ondas.

A existência no intervalo. Pergunta-se se a personalidade

neurótica de nosso tempo (quer dizer, todas, as personalidades, a personalidade de todos) não seria a personalidade intersticial, a personalidade que oscila entre aqui e ali, entre agora e daqui a pouco e há pouco. A diferença entre *ele* e os outros, ou muitos outros, é que *ele* sabe. De repente, *ele* sabe.

Recusa-se a entender a *existência no intervalo* como uma existência depressiva. Os sociólogos dirão que sim, os filósofos dirão que sim, que o intervalo é depressivo — em todo caso, deprimente. Os que sonham com a integridade, com a unidade, com o integralismo, dirão que sim. *Ele* se recusa a concordar. Os que sonham com a extensionalidade infinita e ininterrupta do ser ignoram os intervalos. No entanto, os intervalos existem, *ele* tem certeza. É possível passar por cima dos intervalos? Não entende por que os discursos tornam-se ferozes, agressivos, quando abordam o intervalo. O intervalo *lhe* aparece como o refúgio contra a depressão, é o exato oposto do que debilmente se pensa. O intervalo não é a queda, é a interrupção da queda. Precisa convencer-se do que sempre pregou a si mesmo: viver nesse intervalo, viver esse intervalo ali quando acontece. *Quando* acontece. *Enquanto* acontece.

A separação entre o corpo e a alma.

Na cama outra vez, pela manhã, ao acordar. O corpo

sente um prazer infinito no contato com a cama, com o frescor dos lençóis, com a resistência do colchão sob o lençol. Graças ao contato com os lençóis, *ele* percebe que tem uma perna e uma coxa, que um braço existe ligado a seu corpo, e um segundo braço, e que há cabelos na cabeça. E percebe, *graças* ao contato com os lençóis, a materialidade de cada centímetro quadrado da perna, do braço, da coxa. Sente que tem uma pele recobrindo coxa, braço. Um dos prazeres mais intensos que agora, nessa fase da vida, é capaz de sentir, *ele* acha.

É o que *ele* acha.

Mas a mente não segue esse caminho, não tem as mesmas sensações, não tolera o prazer do corpo. A mente não chega a se revoltar contra o prazer que o corpo é capaz de sentir, ela apenas não sente o que o corpo está sentindo e não tem disponibilidade emocional suficiente para esperar que o corpo retire daquele instante todo o prazer que é capaz de sentir, não consegue esperar que o prazer que o corpo está sentindo siga seu curso e se esgote quando tiver de se esgotar. Nesse dia, nesse momento, a mente é o parceiro sexual que já teve seu instante de prazer ou que não sentiu prazer e que, naquele dia, não está disponível para esperar que o outro alcance, *ele* também, seu prazer. Ela mesma se censura por isso. Negar-se como fonte de prazer do outro ou, em todo caso, negar-se como presença sincrônica ao prazer do outro parece-lhe intolerância, mesquinhez, pouco caso, indiferença. Se fosse um ato de sexo, esse parceiro que não pode esperar talvez se sentisse culpado: teve seu prazer, não quer, não pode esperar pelo prazer do outro, *não quer* dar esse prazer ao outro, *não consegue* naquele instante, naquele dia, dar prazer ao outro. Naquela manhã, na cama, a mente não se sente culpada por não poder esperar que o corpo retire daquela experiência todo o prazer que poderia experimentar — e de que precisa enormemente. Apenas não pode esperar uma fração mínima de tempo a mais porque as sombras e o desespero e a ansiedade já se infiltraram nela e ela, como recurso de salvaguarda, precisa comandar o corpo a erguer-se da cama imediatamente para que o inevitável caos cotidiano das demandas exteriores neutralize o caos interno sempre iminente.

A mente não consegue sentir o prazer do corpo, a mente não consegue sentir prazer *com* o corpo. *Ela sabe* que o corpo está sentindo prazer, ela identifica a natureza e a intensidade desse prazer, reconhece o alcance desse prazer, compreende que esse prazer é vital para ela mesma porém não consegue *sentir* esse prazer *e não pode esperar mais*: precisa que o corpo deixe a cama. Imediatamente.

Ele experimenta essa incomunicação entre corpo e alma como outro drama da depressão. O mais cruel? Não sabe se o mais cruel. São mais de um, os dramas cruéis, são mais de um *os mais cruéis*. Vislumbra que a separação entre a mente e ela mesma é a loucura e que a separação entre a mente e o corpo é a depressão. Pelo menos, não resvalou ainda para a loucura. Não sabe se essa separação entre a alma e o corpo é o umbral da loucura ou se é, pelo contrário, o primeiro passo na direção oposta. Talvez não tenha mais de testar sua mente toda manhã, no jogo eletrônico, para ver se ela continua no prumo, alinhada, orientada.

Se fosse basear-se nesse episódio, diria que a alma tem um corpo ou, pelo menos, que naquele episódio a alma teve o corpo. A alma percebeu o corpo como algo separado e controlou esse corpo, usou-o como instrumento. Procura imaginar como seria a situação inversa, em que o corpo teria uma alma. O corpo se imporia à alma e continuaria entregue a seu prazer, forçaria a alma a ficar com *ele* na cama mesmo que para a alma aquilo fosse um desprazer, uma dor? O corpo imporia seu prazer à alma, levaria a alma a sentir o mesmo prazer? O corpo prosseguiria na cama mas as sombras cada vez mais densas na alma eliminariam todo prazer do corpo, jogando corpo e alma numa massa informe de prostração dominada pela inércia e pelo abandono? E se a alma não obedecesse? Recorda-se de seu comportamento numa fase crítica da depressão, quando ainda estava sem a sustentação do chão químico sob os pés, o chão proporcionado pelo psiquiatra: o desespero, a frustração, a raiva contra si mesmo e contra tudo, raiva indefinida, a sensação de impotência, tinham-no feito mais de uma vez pular da cadeira, saltar no espaço e agredir o ar, esmurrar o nada, agitar freneticamente o corpo como se isso pudesse rompê-lo em vários lugares e permitisse que pelos buracos escapasse a pressão interna insuportável, gritar, urrar como se o urro conseguisse espantar os fantasmas alojados no interior da mente, na profundidade do corpo (mas *ele* havia *urrado baixinho*, para que ninguém mais ouvisse! mesmo à beira do descontrole e da desrazão *ele* ainda se segurava, *ele* ainda não se soltava?! controlar o próprio descontrole, isso é a insanidade! *urrar baixinho para ninguém ouvir!!*). E duas, três vezes, ao longo de uma semana, duas, esse descontrole controlado manifestou-se nele, *ele* se manifestou através desse controle descontrolado. Quem estava no comando, nessas ocasiões? O corpo, a alma? Nenhum deles, e daí o descontrole de ambos? Era a alma tentando impor-se e o corpo reagindo? O contrário? Que aconteceria, afinal, se o corpo comandasse a alma?

Ele se pergunta se o corpo tem uma alma ou se a alma tem um corpo. E percebe-se oscilando: deve dizer *alma* ou *mente*? Se funcionar o chão químico que o psiquiatra lhe sugeriu, não é alma, nem mente: terá de dizer *cérebro*. Um cérebro que tem um corpo e uma mente. A mente com um cérebro e um corpo. O cérebro como o intervalo entre a mente e o corpo.

E o intervalo entre o sono e a vigília, entre o adormecimento e o despertar. É nesse intervalo que *ele* encontra seus únicos momentos de prazer, em meio à depressão. Se não momentos de prazer, pelo menos instantes de bem-estar, de estar à vontade. À vontade consigo mesmo. Durante o sono não há prazer nem bem-estar, não há nada. A menos que sonhe com algo de prazeroso. Mas faz tempo que não sonha algo prazeroso, pelo contrário. Ontem, ainda, teve um pesadelo. Estava no centro da cidade, diante de dois grandes cinemas no centro da cidade aonde não ia há muito tempo (nem aos cinemas, nem ao lugar). O lugar está tomado por pobres, miseráveis, delinqüentes. Tem medo de andar por ali. Alguns pivetes ameaçam vir em sua direção, *ele* dá meia-volta. Só tem um caminho a seguir, tenta calcular se conseguirá fazê-lo. Não há outro recurso, precisa ir em frente. O lugar está irreconhecível, mato por toda parte, lixo, a rua nem mesmo é visível sob a imundície. Mal caminha alguns metros, dois seres humanos cinzentos, vestidos em andrajos e segurando alguma coisa nas mãos, um instrumento, andam em sua direção, acelerando o passo. Dá meia-volta para fugir, os homens andam mais depressa. *Ele* pára, resolve enfrentá-los. Quando o primeiro se aproxima, *ele* retesa o corpo, mergulha no ar e solta um golpe com as pernas, um golpe de alguma luta marcial que *ele* não domina, que *ele* nunca exercitou. O golpe parece acertar o alvo — e nesse instante *ele* se descobre com o corpo jogado metade para fora da cama: seus joelhos estão no chão do quarto, o tronco sobre a cama, as mãos agarrando a beirada do colchão. Percebe, de imediato, o que se passou, o encadeamento entre o sono e a vigília é instantâneo. Nunca antes se jogara a si mesmo para fora da cama num sonho interativo entre o imaginário e o real. O sonho o jogara para fora da cama, o sono o jogara fora da cama. Não, não havia refúgio no sono, no sonho. O sono é o apagamento — a obnubilação, o amortecimento, o embrutecimento, o torpor — e embora o apagamento fosse aquilo que *ele* teoricamente deveria buscar para conseguir escapar (não da realidade, mas da realidade deteriorada fabricada por seu cérebro) o apagamento não era o que procurava. O apagamento é o negativo, a ausência, e *ele* procura o positivo, a estimulação para a presença. (Seria um sinal do início de sua reação, o sinal de que não estava totalmente insano, afinal? O sinal de que começava a sair da depressão?) Não queria o torpor da insensibilidade, procurava a estimulação do prazer e isso não poderia encontrar no sono. E não a encontraria na vigília, tampouco. Não em meio às sombras que se abriam diante dele a cada rosto conhecido, a cada rosto conhecido há muito tempo, a cada ângulo de uma rua conhecida, a cada sala de cinema múltiplas vezes visitada, a cada página lida que lhe recordava uma culpa do passado nunca ultrapassada. Só a encontraria no intervalo entre o sono e a vigília, esses instantes brevíssimos, no entanto intensos, em que, concentrando sua vontade, conseguia recuperar a sensação oceânica de integração com a vida e o mundo. Nesse intervalo conseguia encontrar um motivo para permanecer vivo, algo que o reconciliava com sua existência passada e afastava qualquer pré-ocupação com o futuro.

Um estado de inconsciência? Não propriamente. O inconsciente só conseguia jogá-lo fora da cama... A consciência, então? Não poderia ser. Ou... talvez fosse a consciência, a consciência num estado que conseguia furtar-se à ação deteriorada da química cerebral, a consciência num estado de independência diante da infra-estrutura química que a suporta, que a condiciona? A consciência em estado puro, uma transcendência da consciência que se dá não além mas aquém da consciência comum, antes que a consciência comum comece a funcionar?

Essa imagem de uma consciência separada da química do cérebro o impressiona, quase o assusta: por um instante, tem a impressão de que *isso* seria a alma, o espírito. Sente-se como se tivesse experimentado uma revelação, uma revelação que não deveria acontecer por infringir as leis de seu materialismo arraigado. Existe, então, alguma coisa além, *antes,* da química cerebral? Em seguida lhe ocorre que pode chamar a isso de *mente,* como algo distinto do cérebro sem ser necessariamente a alma, o espírito. Ou então como espírito, sim, mas como o espírito na expressão "o espírito da época". Nesse caso, o cérebro como um estorvo para a mente. Dentro dele (mas o que é isso, "dentro dele"?) não se travava apenas uma luta entre o corpo e a mente, como as religiões diziam, como a psicanálise reforçava: desenvolvia-se do mesmo modo um conflito entre a mente e o cérebro. O cérebro tomara o partido do corpo e deixara de servir à mente, que, de algum modo, naquele intervalo em que o cérebro ainda estava adormecido, em que o cérebro não era exigido a toda força, conseguia vir para a frente do palco e espraiar-se.

Não queria fazer cálculos metafísicos, não tinha paciência, naquele estado, para organizar uma representação da existência: queria apenas lembrar-se de perseguir esse *intervalo* o quanto pudesse, criar as condições para que esse intervalo se reproduzisse o mais possível. Aspiração inútil: fora daqueles instantes na cama, no pré-despertar, não havia como conseguir a mesma sensação. Haver, havia: com uma droga qualquer, cocaína, ópio, heroína, maconha. Um copo de vinho. Mas *ele* não buscava os estados anormais: horror aos estados normais — a repetição dos gestos, a repetição das falas ditas para as mesmas pessoas nos mesmos lugares como se todas essas várias situações fossem uma única situação que não acabava de acabar, que se estendia indefinidamente como um magma pegajoso — e horror aos estados anormais. Medo dos estados anormais, medo de descobrir o prazer nos estados anormais? Talvez. Não importava: nem uma coisa, nem outra. Um copo de vinho ou dois bastavam para produzir o mesmo estado. Mas não era *o mesmo estado*, quer dizer, o mesmo estado daquele intervalo entre sono e vigília. Era parecido mas não era o *mesmo* estado. A diferença estava na intensidade do prazer, na limpidez do prazer, na pureza do prazer que tomava conta dele naquele.intervalo. Mais do que intensidade, *limpidez* e *pureza* eram as palavras que melhor descreviam aquele prazer. Uma limpidez cristalina. Talvez a limpidez cristalina provocasse, sim, uma intensidade mais forte de sensações e percepções, como no caso de um raio de luz incidindo sobre um cristal perfeito e se refletindo de volta na direção de quem olha e em todas as direções.

(E aqui, novamente, *ele* se surpreende com palavras que, tem a impressão, usa pela primeira vez ou que pela primeira vez admite usar intencionalmente, como *limpidez* e *pureza*; nunca teria imaginado que essas palavras tivessem, para *ele*, um significado especial; eram palavras impregnadas de significados imprecisos e, achava, distorcidos; pureza, para *ele*, sempre havia sido, desde a infância, uma palavra religiosa, mística, cujo alcance recusava-se a entender, não conseguia entender; agora, de repente, no meio de uma depressão (quer dizer, da impureza?), tinha a impressão de entender o que pureza significava).

O prazer de dois copos de vinho era reconfortante, espraiava-se — como o outro, o prazer do intervalo — em vários sentidos. Mas era, comparando-o agora com o outro, um prazer embaçado, turvo, ligeiramente turvo mas suficientemente turvo para não poder comparar-se com o outro. *Ele* perseguia *aquele* outro, aquele prazer do intervalo, aqueles instantes entre o sono e a vigília.

Dormir apenas para acordar — mas não exatamente para acordar: para permanecer no intervalo entre uma coisa e outra. Dormir não, acordar não: *entre* uma coisa e outra. *Ele* procura rechaçar a idéia bem-comportada, a idéia "realista", de que o intervalo só tem sentido enquanto permanecer intervalo, que não há possibilidade de o intervalo estender-se ilimitadamente sob pena de perder seu significado e seu caráter de intervalo: gostaria de estender o intervalo, instalar-se no intervalo, transformar a vida num intervalo ampliado.

Mas a vida já não é um intervalo entre...?

Do mesmo modo, a depressão poderia ser um intervalo. Pensa nessa idéia como outro indício de que está saindo da depressão, de que pode sair da depressão.

Pensa, nesse instante, que deve então aproveitar a depressão ao máximo.

Imediatamente, outra vez, receia comprazer-se na depressão.
Deve ser isso, a depressão.

O medo de, em uma semana, dez dias, um mês ou

dois, tudo *isso* — quer dizer, a depressão e os fantasmas, as idéias, as elucubrações, as sensações que ela alimenta — lhe parecer ridículo. O medo de rir de tudo isso, de envergonhar-se de si mesmo. *Pior*: o *medo de esquecer* tudo isso, de enterrar tudo isso sob uma impenetrável capa de esquecimento, como já acontecera na crise anterior. O que lhe parece importante, nesse momento, é incorporar definitivamente a si mesmo tudo que lhe acontece, tudo que pensa, tudo que deseja, tudo que o aterroriza, não deixar que nada deslize molemente pelos flancos de sua vida e escorra para uma vala comum de imagens silenciosas. Reivindicar tudo, reivindicar portanto a depressão, vivê-la intensamente e torná-la um pilar de sua vida ao mesmo tempo em que — acredita — luta contra ela para eliminá-la de sua vida. Uma posição delicada.

Se receia vir a esquecer a depressão, deve ser porque percebe que começa a livrar-se dela, *ele* pensa. Deveria entender isso como um bom sinal. Compreende-o assim? Pensa que talvez seja próprio da depressão levar a pessoa a temer perder tudo que tem, inclusive a própria depressão. O que tem nesse momento, quase a única coisa que tem nesse momento, a única coisa que, incapaz de perceber o conjunto de sua vida, consegue dizer que tem nesse momento é a depressão. E assim pergunta-se o que lhe sobrará quando a depressão recuar, talvez desaparecer. Existe a possibilidade, agora, de retornar a um estado prédepressivo? Saber, continuar sabendo que a depressão existe e que ela é apenas o retrato de um vazio apavorante e incontornável lhe permitirá voltar a experimentar o paraíso anterior tal como esse paraíso um dia existiu? Experimentar a possibilidade da morte, num acidente ou numa doença grave, *ele* sabe disso, *ele* já passou por isso, é experimentar diretamente a própria morte. Mais do que isso, e pior do que isso, é morrer um pouco, é nunca mais voltar a sentir plenamente a imortalidade que um dia pareceu um dado inquestionável. Experimentar a depressão deve ser isso ou algo bem parecido.

Mesmo assim, agarra-se ao que pode para não deixar que a vivência da depressão lhe escorra por entre os dedos e se esqueça dele como *ele* corre o risco de esquecê-la.

Deve ser isso, a depressão.

Descobre por acaso e por coincidência — mas não acredita mais em acasos e coincidências, não nessas circunstâncias — que o filme *Annie Hall*, de Woody Allen, tinha sido desenvolvido inicialmente sob o título provisório *Anedonia*, que significa ausência de prazer, privação de prazer, incapacidade de sentir prazer, falta de vontade de sentir prazer, auto-repressão para não sentir prazer. No caso do filme, um personagem incapaz de sentir prazer com as coisas que faz, com as relações amorosas que estabelece, com a cidade em que vive. Por uma vez, o título traduzido — *Noivo neurótico, noiva nervosa* — fazia justiça ao tema do filme — que jamais poderia mesmo manter seu título provisório. A neurose do personagem de Woody Allen é multifacetada, alimenta-se de mil motivos e incidentes distintos e cobre um vasto espectro da personalidade: as relações com a mulher, a esposa, a amante, os pais, a família, a etnia, o trabalho, a arte, o cotidiano, consigo mesmo. A neurose do personagem de Woody Allen, portanto, alimenta-se de sua dificuldade em sentir prazer ao mesmo tempo que a provoca. E no entanto, não fosse a informação que lhe caíra por acaso nas mãos, ao ler sobre a *pílula da felicidade*, provavelmente nunca teria se dado conta disso claramente. De igual modo, talvez a orientação existencial de *O estrangeiro*, de Camus, não fosse afinal uma questão de ponto de vista ou opção filosófica, mas um problema químico: um distúrbio do nível de serotonina no cérebro do estrangeiro. De súbito, aquilo que Camus havia denominado, em *O mito de Sísifo,* de "o único verdadeiramente sério problema filosófico", o suicídio, não passava de um banal incidente químico. Ruía por terra, para *ele*, toda uma filosofia. Naquele instante, quase se convencia de que toda a filosofia de todos os tempos, toda, havia desmoronado. A questão central em Camus, como em Sartre, era a opção, a liberdade de escolha e a aceitação da responsabilidade que daí deriva. O suicídio, maior problema do homem até ali, era uma opção intencional. O acidente de carro que matou Camus foi visto como um modo deliberado de suicídio: Camus não dirigia o carro mas sabia que o motorista era fascinado pela velocidade. Camus fez uma opção. Sequer correu um risco: simplesmente aceitou o caminho previsível. Mas, se a questão era de dosagem de serotonina, Camus não escolhera nada, não fizera opção alguma — e o maior problema filosófico, o único verdadeiramente fundamental para o homem, era apenas mais um problema de química orgânica, tão equacionável e solucionável quanto tantos outros. Depois dos três abalos clássicos fundamentais na auto-imagem do homem, mais um. Primeiro, foi Copérnico tirando a Terra — e o homem — do centro do universo e deslocando-a para a periferia, uma periferia cuja vastidão e solidão espantosas só agora, cinco séculos depois, é possível avaliar. Depois, Darwin revela a origem banal do homem, sua origem animal-vegetal-mineral, unicelular, radicalmente orgânica e nada espiritual, uma entidade no meio de tantas outras a dever sua existência a um aglomerado de acasos irreprodutíveis. E com Freud, terceiro ato, o homem descobre que não apenas não domina o universo como não controla sequer a si mesmo, a sua vontade, seus desejos, seus sonhos: a força motora dos atos humanos é um magma cuja real natureza vem à tona apenas em instantes excepcionais e mediante uma intervenção excepcional, fora do alcance do homem na maior parte do tempo, fora do alcance da maior parte dos homens a maior parte do tempo. Mas havia ainda em Freud um resto de sopro humanista, uma vez que com a força de sua engenhosidade de homem, e usando o instrumento mais propriamente humano, a linguagem, o homem seria — teria sido, como hoje se sabe — capaz de impor-se à própria mente, capaz de levar seu imaginário consciente a predominar sobre seu imaginário inconsciente mesmo que por breves instantes, em rápidos relâmpagos. Com Freud talvez não houvesse mais alma, espírito, mas ainda havia uma mente. Agora, com a psicofarmacologia, quarto golpe, a mente se dissolve no cérebro e o cerébro revela-se uma enorme glândula secretando fluidos cuja combinação anima a máquina humana ou a desarranja. O edifício de Freud não passava de um mero esforço místico, último esforço místico de confirmar para o homem a imagem soberba que o homem fazia de si mesmo desde o Iluminismo. E agora o homem olhava no espelho e via uma enorme glândula no lugar antes ocupado pela cabeça. *Ele* olhava num espelho imaginário e via uma enorme glândula plantada no lugar de sua cabeça.

O homem do século XXI avançado terá pouco em comum com *ele*, imagina. O conceito de ser humano será radicalmente reformulado — provavelmente entre homem e cultura não haverá mais intervalo algum, o homem será uma cultura, quer dizer, o homem será uma construção, o homem será, etimologicamente, poesia. Poesia pura. Construção da sensibilidade, construção do intelecto, construção da atividade — construção da origem e construção da morte. O homem decide sobre suas emoções, percepções, o homem decide sobre seus instantes, o instante de aparecer, o instante de desaparecer.

O homem com uma extensão e uma profundidade iguais à sua existência. O homem como deus. O homem-deus. A humanidade terá fechado seu ciclo e encontrado seus mitos primordiais. Os mitos originais, os mitos gregos, não serão mais simples imaginação mas memória: lembranças. O tempo se encerrará, o fim dos tempos terá literalmente chegado.

Essa idéia provoca nele uma arrebatadora sensação estimulante, como se fosse invadido por espaço e ar e seu corpo se expandisse desmesuradamente.

Mas nesse instante *ele* não está preocupado com um futuro que não conhecerá. Quer *remoer* ainda algumas coisas do passado. Quer — tolamente — chegar a conclusões. Ainda acredita que o homem pode avaliar-se. Preocupa-se, por uma fração de tempo, com a insistência em *remoer* certas coisas. A insistência em remoer o passado é sinal certo da depressão, *ele* lembra. Mas por que não remoeria, por que deixaria de tentar integrar o passado àquilo que *ele* é? *Ele* vai remoer.

Interessa-lhe saber *até que ponto* sua depressão derivava

de equações químicas imperfeitamente enunciadas e até que ponto *ele* havia *adotado* a depressão como um estilo de vida, até que ponto adotara a questão do suicídio como a principal questão filosófica, *até onde* adotara a idéia da náusea existencial como a mais básica das emoções humanas. Lera *A náusea* com 12, 13 anos. Lembra-se do pai dizendo-lhe que não o impediria de ler qualquer livro mas que, em sua opinião, *ele* era jovem demais para aquele tipo de leitura. Era, mesmo? O que era um adolescente de 13 anos, *naquele tempo*? Lera *A náusea* cedo demais ou no tempo certo, naquele tempo mesmo exigido por sua vida e, acima de tudo, por sua imaginação? Outros haviam lido Camus, Sartre, *tarde demais,* com o dobro de sua idade, mais velhos ainda, e declararam-se *golpeados* pela força daquela paixão moral pela necessidade de saber o tempo todo se vale a pena viver e até onde vale a pena viver e como vale a pena viver. Tão golpeados que reproduziram Sartre e Camus em suas obras e flertaram com o suicídio mais, muito mais do que *ele*; tão golpeados que haviam, alguns, se suicidado. Se estava vivo, se ainda estava vivo, fora porque ler Camus e Sartre cedo demais havia salvado *sua* vida? Lendo-o cedo demais soubera o que o esperava pela frente e adaptara-se de algum modo até que, décadas depois, tornou-se impossível continuar mantendo o equilíbrio precário? Adotara a convivência pacífica com a náusea, o suicídio e a anedonia como um *estilo de vida*, uma ética, uma estética da ética, para proteger-se da vida e da ética — fazendo de sua vida sua obra mais bem acabada? Adotara esse estilo de vida por encontrar nele o correspondente inato a sua estrutura psicoquímica, por opção filosófica livre-arbitrária, ou por imaturidade e espírito juvenil de emulação? Não via uma resposta precisa para seu dilema, queria entender que a resposta, fosse qual fosse, seria irrelevante, que o que contava era o *estilo* que acabara adotando. E, no entanto, isso não o satisfazia.

A vida, então, como resultado do mais puro acaso & escolha. Um lance de dados. Como em todo lance de dados, importa mais lançar os dados do que contar os pontos. Contar os pontos parece importante. Se os pontos forem ruins, será preciso lançar os dados novamente. Mas mesmo que os pontos sejam bons, é inevitável lançar os dados novamente...

Deus não joga dados, propôs Einstein. O homem joga. O homem-glândula talvez não — talvez não precise mais jogar, talvez queira jogar, terá liberdade para jogar ou não: o lance de dados não será essencial, apenas circunstancial. Condicional. Como Sartre queria...

Sartre. Primeira página do diário imaginário (imaginário?) que abre *A náusea*: "Algo me aconteceu, não posso mais duvidar. Veio como se fosse uma doença, não como uma certeza banal, não como uma evidência. Instalou-se sorrateiramente, aos poucos: me senti um pouco estranho, um pouco incômodo, mais nada. Uma vez instalado, não deu mais sinal de vida, ficou quieto e pude me convencer de que não tinha nada, que era um falso alerta. E de repente a coisa crescia". É essa, exatamente essa, a fotografia da primeira percepção do estado depressivo. *Ele* não poderia ter reconhecido esses sinais quando tinha 12, 13 anos. E no entanto era isso a depressão, a depressão de seus primeiros dias, a depressão quando foi capaz de individuá-la um dia, talvez mais na segunda crise do que na primeira. Sartre *falava da depressão*, num momento em que a depressão não tinha um quadro tão claro como agora. Sartre falava não de uma questão filosófica mas de uma questão psicoquímica. E *ele* tampouco soubera da verdade, pensara que aquilo tudo era um estilo existencial...

"Em minhas mãos, por exemplo, havia algo de novo, um certo modo de pegar o cachimbo ou o garfo. Ou então era o garfo que tinha um certo modo de se deixar pegar, não sei. [...] quando ia entrar no quarto eu parei porque senti na mão um objeto frio que retinha minha atenção como se tivesse personalidade. Abri a mão, olhei: simplesmente estava segurando o trinco da porta. [...] Nas ruas também há uma quantidade de ruídos estranhos. Portanto, uma mudança aconteceu nestas últimas semanas. Mas onde? [...] Fui eu que mudei. Se não fui eu, então foi este quarto, esta cidade, esta natureza; tenho de escolher."

Era a percepção que *ele* mesmo tinha do abajur ao lado da cama, do corredor milhares de vezes atravessado, das mesmas ruas uma infinidade de vezes percorridas.

Essa consciência repentina, não preparada — aflorando como uma explosão totalmente imprevista —, de que aquela rua milhões de vezes percorrida não era mais a mesma rua: era *perceptivelmente* a mesma rua, era *viscosamente* a mesma rua, era insidiosamente a mesma rua, era *catastroficamente* a mesma rua. *Ele* também tinha de escolher. Mudara *ele* ou mudara o mundo à sua volta? Por que, afinal, tinha de escolher? O mundo mudara, *ele* mudara, seu mundo não era mais aquele mundo, aquele mundo não tinha mais lugar para *ele*. A náusea era do mundo.

E dele.

Sartre, a personagem de Sartre, descobre, de repente, o que queria dizer "existir". Só pôde descobri-lo quando estava, na concepção vulgar, à beira da não-existência: da depressão. Sartre sentiu realmente a depressão? Disse que não, ao morrer. Disse que fingiu sentir, disse que sentia porque era isso que os outros queriam que dissesse, porque os outros sentiam e queriam que alguém dissesse o que era *isso*. Se não sentiu, soube o que era existir?

O poeta é um ser que finge sentir a dor que realmente sente: F. Pessoa.

Continua insistindo em jogar o videogame toda

manhã, ao ligar o computador, para ver se a desrazão progrediu. Naquela manhã, derrota o computador três vezes seguidas. O índice deveria ser de uma vitória a cada 25 tentativas. Supõe que o cérebro deva estar conseguindo observar, articular-se e reagir de modo mais agudo, como a propaganda formal e informal do medicamento — a pílula da felicidade — dissera que aconteceria. *Supõe* mas *não sente.*

Na verdade, deveria entender esse desejo de medir-se com o videogame como sinal de depressão.

Pergunta-se se está preparado para mudar outra vez, novamente transformar-se. O mundo mudara, mas *ele* mudara também. Gostaria de ter ficado parado igual a si mesmo enquanto o mundo mudava? Provavelmente, não. Certamente não. Independentemente de saber o que significa "igual a si mesmo". O personagem de *A náusea* conclui que foi *ele* quem mudou, não o mundo. Conclui, em todo caso, que essa era a resposta mais simples. E também a mais desagradável. Naquele época, talvez houvesse uma possibilidade, minúscula, de apenas a pessoa mudar, não o mundo, durante o intervalo de tempo de uma existência. Agora, não mais. E talvez aquela fosse de fato a resposta mais simples. A mais desagradável? Sem dúvida.

Então, *ele* mudara uma vez e agora iria mudar de novo, com a pílula. Com a medicação, um remendo seria feito em sua personalidade. Um conserto. Aceitaria o conserto com tranqüilidade? Ou, como a medicação atua devagar, nem perceberia que um conserto estava sendo feito, havia sido feito, e simplesmente se encaixaria no novo formato? Uma adaptação, então. *Ele* seria adaptado. E se conformaria. No passado rejeitara a adaptação, recusara ajustar-se para suportar o mundo que a psicanálise oferecia. Ou impunha. Agora, tinha a impressão de não lhe restar outra saída. Era irrelevante, agora, perguntar em nome de que convenção coercitiva se declarava que *ele* deveria submeter-se a um remendo, que seria melhor para *ele* submeter-se a um remendo. Agora não era questão de submeter-se a padrões convencionais ou não, agora era questão de carne e nervos que se levantam contra si mesmos na mais insuportável forma de intolerância. E um recurso estava ao alcance, um recurso mais rápido, mais eficaz e mais barato; um recurso mais "democrático". A curto prazo, em todo caso — e era exatamente isso que *ele* precisava: prazo, um tempo, um tempo já. Não havia o que pensar. O que era um traço de sua personalidade desapareceria antes que *ele* mesmo desaparecesse. Aquilo pelo que fora conhecido, uma insatisfação constante, pessimismo, negativismo, criticismo, daria lugar a uma outra forma — menos agressiva, dizia-se, mais sociável. Mais... desligada? Os estados negativos do humor, como se diz eufemisticamente, são, parece, uma forma de defesa, de alerta para o perigo, de autopreservação. Iria desligar-se deles: o que teria para pôr no lugar? A depressão branda sentida depois de uma experiência corrosiva para a auto-estima evita, parece, que se procure uma nova experiência semelhante. Se a depressão moderada desaparecesse, o que teria para defender-se? Decide que, se for assim, não quer poupar-se: prefere correr o risco de cair num buraco negro definitivamente devastador a estiolar-se aos poucos, em doses homeopáticas porém sempre maiores e mais fundas.

Dürer tem uma gravura em que a melancolia aparece como um anjo. Esse anjo é uma mulher, claramente uma mulher, cabelos loiros compridos divididos ao meio e ornados com uma coroa de folhas como as que consagram os esportistas vencedores — se tivesse espinhos, a coroa seria como aquela que perfura a cabeça de Cristo em tantas imagens arquetípicas. O anjo está sentado, a cabeça apoiada na mão do braço esquerdo cujo cotovelo por sua vez se apóia sobre o joelho na posição clássica do desalento. Mas, o rosto do anjo, para *ele*, é um enigma. Não é um rosto de frustração, desespero, abatimento. Os olhos estão abertos, bem abertos — é possível ver o fundo branco dos olhos —, e voltam-se para a lateral da gravura. Um olhar fixo, olhar de reflexão talvez mas não olhar de entrega, de esmorecimento. O rosto do anjo tampouco está contraído ou amortecido. Pelo contrário, seus lábios carnudos quase esboçam um sorriso — se o anjo estivesse de frente talvez se revelasse uma anti-Mona Lisa, uma variação da Mona Lisa: também mostra um esboço de sorriso — mas um sorriso firme, ligeiramente irônico, um sorriso quase de superioridade diante do que *ele* — ou ela, porque esse anjo é uma mulher — está vendo, pensando. Há vida no corpo cheio desse anjo — esse anjo, ela — cujo volume o vestido não disfarça, antes revela. Não é um corpo gordamente disforme, é um corpo cheio de carne, cheio de vida, *ele* pensaria, se essa expressão não fosse um clichê. *Ele* sente que, mesmo volumoso, o corpo dela, essa figura de anjo, é sexualmente atraente. *Ele* encostaria seu corpo nu no corpo nu dela, dessa figura. Ocorre-lhe nunca ter imaginado o corpo de Mona Lisa, nunca imaginou que Mona Lisa pudesse ter um corpo sob as formas informes do tecido que a cobre. Sente-se fisicamente atraído pela mulher-anjo de Dürer. Ela tem um corpo interessante e parece ter uma *cabeça* interessante, há idéias por trás do olhar da Melancolia, não há nada por trás do olhar de peixe morto de Mona Lisa. As asas grandes saindo das costas dela, com um armação que se mostra sólida sob as penas longas e largas — ela é pesada —, não diminuem a atração física que sente. Deveria diminuir, talvez: sempre sentira uma espécie de repulsa ante a visão das penas dos pássaros, as penas como que enceradas dos pássaros em que não gostava de tocar por sentir, nelas, uma superfície meio orgânica, meio inorgânica, indefinida. Mas aquelas enormes asas do anjo, dela (o rosto dela seria levemente masculinizado?), que se erguiam bem acima de sua cabeça, não interferiam em seu desejo cada vez mais intenso pela Melancolia. Imagina-se na cama com a Melancolia e as asas não o perturbam em nada. Na gravura predomina o tom cinza. A figura, o anjo, está no interior de um quarto, um quarto medieval sofisticado, um quarto de erudito, com uma tabela de números na parede, uma balança que pende do teto e que leva o olhar do espectador, fora da gravura, na direção do grande compasso que a mulher segura na mão direita: a Melancolia é culta, é uma filósofa-cientista, o que aumenta ainda mais a atração que sente por ela. O tom cinza está por toda parte mas *ele* imagina, sob as roupas também cinza, um corpo alvo enquadrado por cabelos loiros e emoldurado pelas asas brancas. *Ele* quer esse corpo, quer esse rosto, *ele* deseja a Melancolia.

Deve vir daí a idéia de que o humor negativo protege dos perigos da vida. A gravura de Dürer deve ser, de algum modo, uma representação dessa idéia. *Ele* reconhece naquela mulher seu anjo da guarda. É possível para alguém renegar seu anjo da guarda? É possível isso, basta despedir o anjo da guarda para que *ele* se vá e um outro o substitua? Ou um anjo não se despede nunca, ou não é possível separar-se de seu anjo da guarda? Ou, se for possível, será que ao despedir seu próprio anjo da guarda não se fica sem anjo nenhum — os anjos estariam dispostos a aproximar-se de quem rejeita um deles? E *ele* trocaria esse anjo por qual? Nunca vira a figura de um anjo da Alegria — em todo caso, do anjo da eutimia. Sua ignorância era enorme e apenas aumentava a cada dia, podia haver milhares de figurações do anjo da eutimia, da euforia. Não conseguia lembrar-se. Repassava na memória as centenas de lugares visitados, as paredes vistas, os afrescos, as telas multiplicadas até o enjôo nas salas abarrotadas. Lembrava-se apenas dos anjos renascentistas, monalisescos todos, com suas feições de condescente equilíbrio emocional, de superior distanciamento. Não são esses os anjos que procura. Pergunta-se se não haveria anjos mais envolvidos consigo mesmos e com o mundo do que aqueles anjos mudos, que se recusavam a dizer qualquer coisa a quem os contemplasse. Talvez os anjos eufóricos fossem apenas os faunos e as ninfas, sem asas, sem coroas de louro — não-anjos, criaturas como *ele* mesmo e que não tinham qualquer preocupação de guardar fosse quem fosse, que não protegiam nada, que deixavam todos sempre expostos a tudo e a todos os riscos, que estavam sempre eles mesmos expostos a tudo, sem tempo para proteger-se e aos outros. Por que procurar a proteção desses anjos, por que não tornar-se *ele* mesmo um anjo e deixar de preocupar-se com escudos, barreiras, amortecedores e protetores? Por que mudar de anjo? Quem sabe Walter Benjamin estivesse pensando na mulher-anjo de Dürer quando escreveu que a melancolia era indispensável à reflexão. Mas *ele*, queria *ele* refletir? Queria aquela mulher, não a reflexão por ela figurada. Tem a sensação de sentir o calor que emana daquele corpo cheio, consegue sentir a massa dos braços cheios envolvendo seu corpo, pode sentir o toque dos cabelos da mulher em seu rosto, em seu pescoço, em seu peito. Talvez ela tivesse de ficar por cima dele, não sabe se as asas incomodariam na cama: imagina o peso sobre seu corpo e sabe que é um peso suportável.

Ele passa uma, duas horas contemplando a imagem da Melancolia. Alimentando-se da imagem da Melancolia.

Faz ao médico, por telefone, um relato sobre os efeitos do medicamento. Há algum tempo aceitou, num compromisso consigo mesmo, relatar tudo que sente e pensa, como está agindo e reagindo, por mais embaraçosas que fossem as revelações. Acredita ser suficientemente sensível para perceber matizes em seus comportamentos e percepções. Mas, provavelmente, não confia muito na pertinência de suas observações porque é com ligeireza, como se aquilo fosse menor e desprezível, que conta ao médico um detalhe singular de seu comportamento recente. De imediato, o médico pede um esclarecimento. É assim e assim, e assim, que você está reagindo? De início *ele* não entende a pergunta, responde pensando em outra coisa. Sua resposta poderia ter induzido o médico a um erro mas, por alguma razão, o médico insiste, refaz a pergunta — e então *ele* percebe que a pergunta se aplica, sim, a seu caso. E percebe que sim, é exatamente daquele modo descrito pelo médico que está se comportando, exatamente daquele modo. O médico responde que era previsível, uma das reações possíveis provocadas pelo medicamento era aquela mesma, e que não havia motivo para preocupação por enquanto.

O médico havia descrito com precisão seu comportamento. *Ele* sempre detestara mostrar-se previsível, ser transparente ou tornar-se transparente a ponto de permitir que seu comportamento e suas idéias fossem previstos e antecipados. No entanto, pelo telefone, à distância, sem vê-lo, o médico fora capaz de descrever exatamente o modo como vinha se comportando. Ser previsível, para *ele*, era deixar que o devassassem até o mais fundo de si mesmo, era reconhecer um poder do outro sobre *ele* mesmo, era admitir a relação assimétrica que estava mantendo com esse outro e que o mantinha numa posição de inferioridade: o outro sabia de coisas sobre *ele* que *ele* próprio ignorava, além de nada saber sobre o comportamento do outro. Mostrar-se indevassável, denso, obscuro, sempre havia sido, para *ele*, ponto de honra. Sinal de soberba, sem dúvida. Narcisismo. Mas era assim. E agora, à distância, por telefone, o médico sabia como *ele* estava agindo e como *reagiria*. Sente-se, nesse instante, desamparadamente frágil. Como se nunca mais pudesse voltar a reerguer o escudo que o protegia dos outros. (Não era isso que todos sempre julgavam adequado: baixar a guarda? Não era isso mesmo que *ele* sempre dissera perseguir, livrar-se de seu escudo? Em que medida o desejara, de fato?) Sensação semelhante à da descoberta da mortalidade: ninguém pensa na própria morte, pelo menos *ele* nunca pensara na própria morte, nunca pensara que poderia morrer até que, *um dia*, descobriu-se mortal: descobrira-se exposto à morte como sempre soubera que estava mas como nunca *sentira* que estava. Certo dia, sentiu que não era imortal. Depois, como fora um falso alarme (falso alarme?), esqueceu-se da descoberta: esqueceu-a ao mesmo tempo em que nunca removeu da consciência aquele vírus que permitira penetrar em suas defesas psíquicas: era mortal. Aquela revelação mudou muita coisa. (Mudou? Por algum tempo, talvez.) Agora, a mesma sensação voltava, num outro registro: *ele* era previsível.

O medicamento o tornara previsível.

Com o medicamento, era previsível.

Menos para si mesmo.

A possibilidade de prever as ações, reações e sensações das pessoas quando a personalidade pudesse ser amplamente moldada pela psicoquímica em vias de transformar-se, como escrevera um psiquiatra, em psicofarmacologia cosmética. Hoje você acordou triste? Um comprimido do tubo B. E hoje, demasiadamente energético? Uma pílula do C recoloca as coisas no lugar. Que "coisas", qual "lugar"?

Sente, mais do que sabe — sente na própria carne e nos próprios nervos — a amplitude das transformações acessíveis ao homem do século XXI, um homem distanciado (quanto quiser) da natureza e prestes a tornar-se inteiramente cultural, inteiramente construtível. A cultura como a segunda natureza. Na verdade, a cultura como a natureza primeira sob a qual sedimentara-se, longinquamente, uma Natureza recalcada. Uma natureza não morta mas amortecida, em suspensão. Não era o que no fundo buscara o tempo todo, que afirmara buscar de algum modo: a hegemonia do cultural?

Não era isso que buscava? Por que então esse impreciso incômodo que não consegue negar?

A relação assimétrica entre *ele* e o médico (por que reluta em dizer "psiquiatra", diretamente?). Isso sempre o incomodara, desde o primeiro encontro. O médico sabia mais sobre *ele* do que *ele* mesmo admitia. De cada parcela de informação que deixava escapar, o médico era capaz de elaborar um razoável edifício narrativo sobre *ele*, um edifício cheio de corredores que *ele* próprio nunca percorrera, ou que explorara apenas imperfeitamente, olhos quase fechados. *Ele* era penetrável. O médico, inteiramente opaco. A opacidade do médico perturbara-o desde o início: o rosto impassível, como se a pessoa por trás daquele rosto e à volta daquele rosto não tivesse emoções, sensações, como se por trás daquele rosto sequer percepção e inteligência houvesse. Perguntou-se, uma vez, se não caíra nas mãos de um incompetente. Agora descobria que "apenas" estava numa relação assimétrica da qual *ele* era a parte inferior, inferiorizada. Saber disso fazia com que seu incômodo apenas mudasse de registro, de chave, sem perder em intensidade.

Então, estava disposto a permitir que sua personalidade fosse alterada. E começava a vislumbrar aquilo em que implicava essa alteração: sentia-se, a cada dia, mais e mais inclinado a voltar a perseguir o mesmo objetivo cuja irrealização completa, sabia, tornara-se, se não a causa central, pelo menos uma das causas de sua depressão: criar, como se diz. *Sentia-se* cada dia mais inclinado a voltar a perseguir aquele objetivo, aceitar salvar-se com *ele* — fosse o que fosse o que isso significasse — ou perder-se definitivamente na tentativa. No entanto, *afirmava* querer o exato oposto. Queria livrar-se daquela obsessão, daquele peso que colocara sobre os ombros e que exigia dele um esforço ao qual, acreditava, não podia corresponder. Queria decidir parar, mudar, mudar de rumo. Esquecer, passar por cima e sorrir de tudo, do sucesso da mudança e da tola pretensão inicial. Livrar-se. Definitivamente, livrar-se. Não esperar que o processo chegasse por si mesmo ao fim, não esperar que o processo chegasse "naturalmente" ao fim — ao fim melancólico, previa —, mas provocar esse fim, decretá-lo e assim separar-se dele, quer dizer: tornar-se mais forte do que o

fim. Retomar as rédeas da vida em suas mãos. *Ele* decide.
Volta a decidir. Quer mudar, esquecer, passar para outro
trilho. Não sentia mais medo de descarrilhar — não havia
trilhos fixos, rotas preestabelecidas. Mudar, percebe agora,
significara para *ele* sentir-se forte o suficiente para deixar
de lado o antigo projeto. E no entanto, quando alguma
mudança começava a desenhar-se, *ele* percebia que a
alteração se dava no sentido de *reafirmar* o projeto inicial.
Nesse caso, o medicamento — a pílula — nunca alteraria
sua personalidade, alteraria apenas a personalidade
encaracolada sobre si mesma resultante da depressão. O
medicamento alteraria apenas o estado da depressão, e o
faria retornar ao estado anterior. Para seu espanto, sentia-
se estimulado por isso, sentia-se movido por isso, quer
dizer, sentia-se quase alegre por causa disso.

Não podia sentir-se assim.

O medicamento então conformava-o apenas,
confortava-o, tornava-o disposto à resignação, como
sempre suspeitara em relação à psicoquímica e à
psicanálise? Ou o medicamento dava-lhe ânimo para
perseguir o que lhe surgia como fundamental em sua
vida e que corria o risco, sem a pílula, de resvalar para
fora de seu alcance? Não sabia. O que estava desarranjado:
seu projeto inicial ou a depressão? Imaginou, talvez, não
sabe, que a mudança incidiria sobre as causas da depressão
e a eliminaria. De repente, tinha a impressão de que a
pílula afetaria a depressão em si e restauraria seu ânimo
anterior. Não era isso que imaginara, talvez não fosse

isso que buscasse. Não devia ser isso. E era isso que parecia estar prestes a acontecer.

Não sabia se era essa a mudança desejada.

Não sabia nada de nada.

Desejara *exatamente* isso mesmo?

O que importa, lera na poética freudiana, era perseguir os sonhos infantis, torná-los realidade (o que significa, afinal, "tornar realidade"?), não desistir deles jamais. Dinheiro, lera na poética freudiana, não traz a felicidade porque a criança não deseja dinheiro, dinheiro não tem lugar no imaginário infantil. Outras coisas, sim. Criar, por exemplo.

Que sabe uma criança sobre as coisas, sobre a vida, sobre o mundo, sobre os desejos e o imaginário?, *ele* se pergunta. O drama não era exatamente esse, perseguir um tolo sonho infantil?

E agora a pílula parecia prestes a colocá-lo novamente diante de seu sonho infantil. O pesadelo iria recomeçar. O abismo voltaria a abrir-se sob seus pés em algum momento indeterminado mas certo. Sentia isso.

Receava isso.

Deve ser isso, a depressão.

Percebe um sinal de que algo mudava em suas emoções (deveria dizer que percebe, nele, um sinal de mudança para melhor — não tem mais certeza, porém, quanto ao exato significado do que seria "melhor"): descobre, uma manhã, que diminuiu seu sentimento de perda. Desapareceu, pelo menos por um instante, naquela manhã, a sensação de pânico diante da possibilidade de ficar sozinho, desapareceu, por um instante pelo menos, o temor de não ter alguém a seu lado, mesmo que essa proximidade fosse mais eventual e simbólica do que efetiva. Desapareceu, percebe, por um momento, sua dependência em relação ao outro. Não sente mais falta das pessoas, não receia mostrar sua irritação ou, mesmo, sua indiferença ocasional para com o outro, não procura contornar os obstáculos. Naquela manhã, voltou ao que era antes. Sua personalidade não mudara. Mudara apenas, temporariamente, seu humor.

Não. Nada mudou ainda. Nem o humor. Por exemplo, obceca-o outra vez a idéia da velhice. Sente repulsa pela velhice, pavor. Não consegue ver-se velho. A idéia de que *precisava* morrer antes de ficar velho reaparece o tempo todo em sua cabeça, o dia todo.

E se não morrer? Quer dizer, se não morresse logo, de causa "natural"? Teria coragem de matar-se? Como faria para matar-se de modo a não traumatizar os outros — uma morte limpa, sem grandes dramas? Alguém o ajudaria nisso, de algum modo?

Receia mais a velhice, a decadência, a degradação, do que a morte.

Isto deveria ser uma mudança *positiva* em seu estado de espírito, *ele* pensa.

Essa constatação está longe de representar, para *ele*, um alívio.

Quando tinha 23 anos, talvez 21, assistiu *Feu follet*, de Louis Malle. O personagem central faz 30 anos na noite em que o filme o representa. O personagem tem ou arruma uma pistola, que contempla demoradamente — como num namoro. O personagem se mata ao completar 30 anos.

Aquelas imagens, junto com a imagem da tela em que o filme fora projetado e com a imagem da sala de projeção e com o nome do cinema, a localização do cinema, a pessoa com quem vira o filme, foram gravadas fundamente em sua imaginação. Trinta anos parecia-lhe então, naquele tempo, o limite intransponível. A idéia do suicídio com 30 anos era aceitável.

Depois, os 30 anos chegaram e *ele* sentiu-se bem. Não *bem*: razoável. E depois outros marcos temporais que pareciam insuportáveis e insuperáveis se aproximaram e chegaram e *ele* não pensou em provocar a própria morte.

Qual é, pergunta-se, o limite realmente intransponível? Haverá um limite ou o apego insensato à vida, o apego medíocre à vida, é inescapável? Receia não conseguir escapar a essa condenação.

Durante dias consegue entender que a morte pode ser um alívio.

Gostaria de saber como deve entender essa sua recente reação.

Talvez gostasse de saber se estava autorizado a ter essa sensação de alívio sem sentir-se obrigado a compreendê-la como mais um sinal de sua depressão, sem preocupar-se com a idéia de que poderia estar mergulhando mais fundo na depressão.

Depressão é isso, perguntar-se e perguntar-se e perguntar-se no interior de um labirinto cujas alamedas voltam todas ao mesmo ponto. O labirinto. Conhecia dois tipos de labirintos, o labirinto no qual se entra e o labirinto do qual se sai. A Renascença praticou os dois, às vezes como jardins na forma de labirintos com paredes de'sebe. Era o *divertissement* dos aristocratas, recurso para desviar a atenção para uma outra coisa, uma coisa menor, uma coisa sem importância. Em alguns labirintos se entrava e depois deles se tentava sair. Gravuras mostram as pessoas passeando no labirinto, às vezes aos pares, como se estivessem conversando tranqüilamente, displicentemente, enquanto perambulam à procura da saída. Os gestos das pessoas imortalizadas nessas gravuras são de despreocupação, o braço de uma delas está molemente dobrado à altura da cintura e a mão vira-se para fora, solta, no gesto lento e suave de quem se sente perfeitamente à vontade consigo mesmo, no mundo, no labirinto.

Em outros labirintos se penetrava pelo centro, por um corredor subterrâneo que levava ao âmago do labirinto, do qual se tentava sair. *Ele* vê as gravuras, vê as pessoas fora do labirinto esperando as que ainda não saíram; conversam, riem, tomam alguma coisa — frívolas. É uma frivolidade.

Pergunta-se por que não consegue comportar-se frivolamente no interior de seu labirinto.

Tenta imaginar qual poderia ser o labirinto mais angustiante, aquele no qual se penetra, aquele do qual se tenta sair. Representa-se ora em um, ora em outro, procura descobrir em qual se sentiria mais angustiado: se aprofundando-se num labirinto, com as alamedas empilhando-se atrás dele e fechando-lhe a saída, ou se procurando sair de um lugar aparentemente sem saída no qual fora jogado de repente sem ter tempo inicial de perturbar-se com a desorientação — que de todo modo deveria crescer em seguida.

Indaga-se se seu labirinto atual, o labirinto verdadeiro, a depressão, é de saída ou de entrada. Sem motivo claro, pensa que se esse labirinto for uma questão química, será um labirinto de saída: foi jogado repentinamente em seu interior e agora caminha em direção à saída — eventualmente. Se seu labirinto teve as paredes erguidas por sua própria imaginação, por suas palavras, por suas idéias, suas elucubrações, acredita, sem motivo convincente, que nesse caso trata-se de um labirinto de entrada. *Entrou* no labirinto — quer dizer, *quis* entrar no labirinto. Admira-se com a futilidade de sua dúvida: que diferença pode fazer, uma coisa ou outra?

Se propunham labirintos como *divertissement* na Renascença, imagina, talvez fosse porque o cotidiano se mostrava desembaraçado, simples, direto, arejado (para a aristocracia, em todo caso) e tornara-se necessário contrabalançá-lo com a excitação segura de um labirinto manipulável. Um *game*. Agora, na modernidade, quando o cotidiano é um labirinto, não há um antilabirinto no qual o espírito possa se exercitar. Os *jogos*, agora os videogames, são eles mesmos outros labirintos que se multiplicam em níveis crescentes de complexidade e dentro dos quais se "morre" várias vezes: o videogame como a representação neurótica da vida contemporânea, o videogame como a psicose contemporânea realimentada — um enorme *role playing game*.

O não-labirinto: uma planície desimpedida, clara, sem horizontes truncados, onde a imaginação poderia espraiar-se por todos os lados e fluir desimpedida até desaparecer de tão tênue. Imagem que lhe ocorre do antilabirinto: a imaginação espalhando-se por cima de uma superfície como se fosse água espalhando-se por um chão ladrilhado até a poça inicial dividir-se numa miríade de pequenos fluxos cada vez mais finos que por sua vez se subdividem em linhas fragilíssimas que se transformam em gotas e depois as gotas se evaporam, fundindo-se com o ar, o vapor, a evaporação. Uma imaginação que se evapora. Essa a imagem que, de repente, *ele* se faz do antilabirinto.

A evaporação como a experiência da meditação. A meditação como o antilabirinto.

A meditação como o antilabirinto. Mas *ele* receia que, em seu estado atual, um não-labirinto seja um espaço excessivo. Sente que seu espírito precisa, pelo menos num primeiro momento, conter-se, sentir-se contido em alguma coisa. (A sensação de perda, *ele* pensa. A sensação de perda voltou.) E no entanto, é exatamente contra essa sensação que deve lutar, escapar do desejo desse controle compulsivo (controle compulsivo das coisas a seu redor, fora dele, e controle compulsivo de seu mundo interno), livrar-se dessa rigidez conformista do labirinto, desses entusiasmos amortecidos que dão o tom da cultura anal da sociedade contemporânea. Espraiar-se, deixar a mente vagar, desimpedida, até fundir-se com tudo ao redor depois de ter amolecido e fundido tudo ao redor, a estante de livros, os livros, a parede da casa, a rua, os outros prédios, tudo.

É o que gostaria de sentir.

Poderia suportar sentir isso?

"Suportar sentir o que se sente": indício de crescimento emocional, como se diz. Não está suportando sentir o que sente, portanto não cresceu emocionalmente. Suspeitava que não. Por que deveria crescer emocionalmente, o que é crescer emocionalmente? Suportar a ansiedade, suportar a depressão como exercícios de aprendizado e crescimento? Acreditou nisso, um dia. Não é o que pregam, de um modo ou outro, os diferentes *exercícios espirituais?*

Pelo menos no momento, não quer suportar sentir o que sente. Quer escolher o que pretende suportar sentir — e suportar sentir a depressão não é prioridade.

Deveria dar-se conta de que isso já é uma mudança em sua personalidade.

"Só uma certa continuidade no desespero pode engendrar a alegria", anotou Camus. Deveria *ele* entender essa afirmação — não era só uma afirmação: uma *proposição* — no sentido de que só uma certa *insistência* no desespero pode engendrar a alegria? Inquieta-se ante a idéia de que seu desespero continuaria intenso ainda por algum tempo, uma vez que estava longe de perceber, em seu humor, qualquer movimento na direção da alegria. Em seguida, pergunta-se até que ponto o aprofundamento no desespero — pois é isso que está necessariamente implicado na noção de continuidade — poderia ser conduzido voluntariamente, intencionalmente. Ou significava aquela proposição apenas que, independentemente de sua vontade, o desespero continuaria em seu ritmo próprio até surgir a alegria? E como poderia garantir que a perseverança no desespero resultaria no seu contrário?

Irrita-se com o que lhe parece, outra vez, jogo de palavras dos filósofos. Irrita-se com os *efeitos especiais* dos filósofos e ensaístas.

Em todo caso, a frase de Camus faz com que perceba que estivera, até ali, à procura da palavra justa para descrever seu estado de espírito, o estado em que se encontrava seu cérebro — e que essa palavra era *desespero*. Tem consciência de que o recurso à palavra desespero significava retornar à tradição envolvendo outra palavra próxima, melancolia, que implicava a atribuição da responsabilidade por esse estado ao próprio melancólico, ao próprio desesperado — como se o melancólico, o *desesperado*, fosse a resultante de um jogo deliberado de vontades, coragens e covardias que se agitavam em seu interior. *Depressão* tem a vantagem de ser palavra tecnocrática, opaca, sugerindo desde logo um problema concreto, material, que alguma ciência pode contornar e consertar assim como um caminhão de asfalto pode consertar uma depressão na rua. Depressão é uma doença; desespero, uma fraqueza. Mas *depressão* não diz nada e desespero, tudo. *Ele* está desesperado, não deprimido. Não se sente melancólico: está desesperado.

Acredita que encontrar a palavra certa para descrever seu estado é como de repente enxergar uma bóia alguns metros à frente, no meio do mar, quando não se sabe nadar. Ingenuamente, pensa, por um instante, que dizendo "Sinto *desespero*" alguma coisa poderia ser feita por *ele*, enquanto dizendo "Estou deprimido" a resposta que obteria seria: "Isso passa". Ingenuidade. A resposta cômoda (para quem a dá) que recebe de todos os lados é "isso passa". Não há bóias nesse mar. Ou, eventualmente, alguém até lança bóias ao mar, à frente do náufrago: o náufrago que agarre uma delas, se puder. Se *realmente* quiser. As pessoas pensam: se *ele realmente* quiser, poderá agarrar a bóia. Se *realmente* quiser, conseguirá agarrar-se à bóia. Não é assim que pensam?

Sorri da própria ingenuidade: como poderia ser diferente?

Pelo menos, sabe que a palavra é desespero. *Depressão* é limpa demais, asséptica. Hospitalar. *Melancolia* é passiva. Apenas *desespero* pode chegar perto de exprimir o tumulto provocado pelos choques constantes entre sensações e sentimentos que ocorrem fisicamente — fisicamente, não apenas imaginariamente, imaterialmente — no interior de sua mente e de seu corpo.

Mas sente que há outras coisas na palavra desespero. O que desespero quer *realmente* dizer, o que está por trás dessa palavra? *Ele* quer saber, vai investigar. Mais uma vez, consulta o volume cujas páginas estão prestes a se esfarelar. Receia que o papel se dissolva em suas mãos mas evita pensar muito na degradação do livro, não quer preocupar-se desde já com a improvável substituição daquela obra. *Sperare* é esperar, confiar. *Ele* descobre, porém: *sperare* também é temer: *sperare deos*, temer os deuses. Então, imagina, *des-esperar* pode ser *não temer*, *não mais* temer — talvez até enfrentar, afrontar, enfrentar os deuses, afrontar os deuses: não mais temer a Deus.

Desesperado, não mais teme a Deus. Desesperado, está enfim livre. O desespero como a suprema liberação do homem diante de seu destino. Desse modo pode entender Camus. Não, desse modo pode *aceitar* a proposição de Camus: no final do desespero está o júbilo, porque o temor esgotou-se. Desse modo, pode entender Benjamin: é preciso desespero para praticar a filosofia. Filosofia *é* desespero.

Representa para si mesmo uma breve cena imaginária na qual se vê reconfortado com essa etimologia construtiva que vislumbra por trás da palavra *desespero*. Que *ele propõe* para a palavra desespero. Construir o próprio sentido, não é isso que conta, não é só isso que pode contar?

Preferiria poder recorrer à palavra *inquietação* no lugar de desespero. Estou inquieto, gostaria de ouvir-se dizendo. Estou inquieto, não desesperado.

Não, não poderá experimentar esse alívio. Inquietação pressupõe conflito, debate, e não há debate ou conflito nele, somente terror e exaustão. Todo o resto desaparecera, nada de sua vida e de seu mundo significava alguma coisa: nada, realizações, pessoas, nada. Estava oco, e no entanto vergastado por um temporal interno. Estava desesperado. Em todo caso, ainda não suficientemente desesperado, tinha a impressão.

Esperava que a tempestade interior recrudescesse mais e mais, ultrapassando todos os limites do pavor. Nesse ponto sim, não haveria mais o que temer. Camus tinha razão: *depois* poderia vir a alegria. *Desejava,* então, que a tormenta interna piorasse, desabasse de uma vez, levando tudo de roldão, suas idéias, suas memórias, suas bases. Ir até o fim, até o fundo. Qualquer coisa é melhor do que o lusco-fusco da semi-sanidade.

Odeia essa palavra, lusco-fusco. Porque é uma palavra do passado, uma palavra de *seu* passado. Se tivesse um resto de bom senso, um resto de instinto de sobrevivência, deveria eliminá-la. Assassiná-la. Como assassinar uma palavra, essa palavra? Sabe que não pode fazê-lo, e nisso está o desespero: essa palavra será sempre mais forte do que *ele*, todas as palavras serão sempre mais fortes do que *ele*, as palavras estão fora dele, acima dele, olham-no em *plongée* lá de cima e riem dele.

Ingênuo que é, dando-se essa importância. Quem diz que as palavras olham para *ele*, quem diz que as palavras sequer o enxergam?

Por que Camus disse *alegria*, apenas, e não *felicidade*? A *pílula da felicidade*, os céticos escrevem com desdém. Comentam que buscar a felicidade numa *pílula* é ilusão, delírio. Mais que isso, rejeitam a própria idéia de felicidade — que lhes parece arcaica. *Naquele tempo* havia felicidade. Depois da Revolução Industrial não foi mais possível ter felicidade, apenas bem-estar. Acima de tudo, depois do Iluminismo, depois da Revolução Francesa com seu moralismo anti-hedonista, não era admissível que alguém perseguisse a felicidade, que alguém se dissesse feliz — ser feliz tornou-se algo vergonhoso, imoral: só era possível, no máximo, experimentar algum bem-estar. E às escondidas, sem ostentação pública, no interior da casa fechada aos olhos estranhos. Bem-estar e conforto. *Comfort.* Não felicidade. A felicidade tornou-se burguesa, portanto inaceitável. E, também, paradoxalmente, para os intelectuais, antimaterialista. Mística. Mítica. O homem não pôde mais ser feliz.

Ele não quer bem-estar, não quer reconforto. Quer a felicidade.

Ele é exigente, é o que pensa.

E, por ser assim, só pode ser emocionalmente imaturo, *ele* se diz.

Às vezes pergunta-se quão séria e profunda é sua depressão. Fica atento a qualquer indício. Não se descobre particularmente hipocondríaco, não sente o corpo apodrecer. Acha que poderia estar tornando-se alcoólatra. Quantas taças de vinho por noite? Não, nada de dramas: não há nada de preocupante desse lado. Sabe que espera com sofreguidão aquele momento em que o vinho já provocou seus efeitos e seu cérebro (sua mente?), junto com seu corpo — *junto* com seu corpo, isso é importante —, começa a destacar-se de pano do fundo da "realidade" e flutuar numa dimensão bem próxima da "realidade" e ao mesmo tempo infinitamente longe da "realidade". Espera, por vezes desde horas antes, que aquela sensação de ligeiro entorpecimento, de leve anestesia — que no entanto aguça sua consciência para as sensações agradáveis de outro modo recalcadas —, o *reconcilie com suas idéias*. Mesmo assim, não diria que está se tornando um alcoólatra. Dois, três copos de vinho por noite, uma moleza por duas horas e depois nada. E, com a pílula, sequer sente vontade de ingerir álcool todo dia. Sua boca permanece constantemente como sob o efeito de um adstringente, como se tivesse acabado de comer caju — sensação que descobre incompatível com o contato entre as papilas e o álcool.

Tampouco se sentia particularmente ansioso. Às vezes sim, não sempre. Nem inquieto ou incapaz de permanecer no mesmo lugar. (Pelo contrário, deixava a mente derreter-se diante da televisão durante duas, três, quatro horas, sem se preocupar nem se interessar pelo que via: *isso* deveria preocupá-lo.) Terrores súbitos não se apoderavam dele de repente, obrigando-o a correr para casa ao ver um bando de pássaros, um caminhão negro ou um céu cinzento. Nenhuma sensação de sufocamento na *hora do lobo*, quando o sol se põe. Os acessos súbitos de raiva e agressividade contra nada e contra ninguém, contra o ar apenas, sim — rápidos como um raio, apareciam, sacudiam seu corpo e sumiam em seguida porque *ele* conseguia controlar-se (*Ele* sempre conseguia controlar-se, não é mesmo? O controle contínuo, não é isso mesmo a causa da depressão?) antes que quebrasse alguma coisa. Esses acessos, sim. Era a experiência mais próxima do *vento da loucura* que conseguia ter. Experiência suficientemente assustadora. Mas só isso. (Vento da loucura: que metáfora tola. Por que a loucura venta, por que não se fala da ventania da razão?) Cansaço, mais nada. Um certo nervosismo manifesto nas mãos, ao falar em público, mais nada. A insônia, claro. Não a insônia total: conseguia dormir duas, três horas por noite. Metade do sono normal, nada assustador. Apetite, o de sempre: quase nenhum. Mais nada.

O resto era só o sentimento pegajoso, cotidiano, da inutilidade e do vazio. A depressão comum, apenas a *depressão comum*. Nada mais que isso.

O suficiente.

Teria de livrar-se da preocupação inútil de querer encontrar a causa de sua depressão. Não haveria uma única, por certo: muitas. Várias. Múltiplas. Mesmo assim, tenta obstinadamente encontrar indícios. Quando criança, quando pequeno, cinco anos, sete anos, os pais diziam dele para os outros: Como é sério! É um menino tão sério! *Ele* ouvia isso e percebe agora que se comportava seriamente. Tentava comportar-se seriamente ou comportava-se seriamente, de modo "natural"? Os pais pareciam orgulhar-se da seriedade do filho. Portanto, o filho deveria *corresponder*, mostrar-se sério. Tolo, comportava-se seriamente — mesmo sem talvez saber o que era isso. Bancava o sério.

E aquela máscara grudou. Muito depois, as pessoas continuavam dizendo que *ele* sempre parecia sério, muito sério. Não conseguia ver-se sério, em sua imaginação seu rosto ostentava continuamente um ar zombeteiro, irônico. Por que as pessoas viam nele sinais de seriedade? Detesta a seriedade.

Com a psicoquímica, seria possível interromper essa linha de continuidade caracterial, seria possível interromper *a tempo*, pensa, um fluxo emocional inconveniente, ou simplesmente indesejado. (Desde, claro, que se percebesse que o rumo era indesejado.) As pessoas não seriam mais iguais a si mesmas, o tempo todo. *Ele é assim mesmo*: não se poderá mais usar esse clichê, o ser não será mais uma inevitabilidade. *Ele* é assim ou assado, isso não é bom, é mesmo ridículo: uma intervenção psicoquímica e não será mais assim sério, ou bobão, ou triste. Um menu de personalidades ao alcance de um *mouse* volitivo. Uma nova representação da condição humana.

Personalidades sem continuidade ainda são personalidades?, *ele* se pergunta. Personalidades sem biografia projetiva podem continuar a ser personalidades? (Durante alguns minutos, pensa se dizer isso equivaleria a dizer "personalidades sem biografia": não chega a uma conclusão.)

Não se convence de que isso será uma perda.

A julgar por si mesmo, no estado em que ainda se

encontra, tampouco se convence de que isso será plenamente possível. Lamenta.

Lamenta ambas as coisas: não se convencer de que essa alteração será uma perda e não se convencer de que ela será possível um dia. Deve ser isso, a depressão.

Quer saber por que insiste em remoer essas lembranças, submetê-las de novo e submetê-las mais uma vez a um exame, virá-las do avesso e do direito. Diante dessas descobertas e desses esforços de investigação sente-se um pouco como diante de um acidente já ocorrido e do qual toma conhecimento, pela televisão por exemplo. Um avião caiu, um avião já caiu, as pessoas estão mortas, os corpos já estão alinhados no chão dentro dos sacos de plástico preto, o avião já bateu nos prédios e nas casas, já caiu sobre carros e pessoas, *a coisa já aconteceu* e *ele* continua a ver as imagens na tela. Não por morbidez, não é por morbidez, descobre naquele momento: de algum modo mágico acredita (espera) que se continuar vendo aquelas imagens pode ser que alguma coisa mude, que o avião afinal não caia e que as pessoas afinal não morram. Se continuar assistindo a televisão, de algum modo mágico o fluxo das coisas será revertido e aquilo não acontecerá ou, se acontecer, as pessoas voltarão a viver e, apesar do acontecido, nada de realmente sério terá acontecido. Alguém aparecerá para dizer: tudo bem, não foi nada, não foi nada, é só televisão. Uma sensação tola, uma crença infantil, primitiva, selvagem, *ele* é obrigado a reconhecer. Mas é assim.

É exatamente assim que se sente ao remoer aquelas imagens do passado: misticamente, deve acreditar que, se continuar pensando nelas, elas se modificarão, o que aconteceu não terá acontecido ou, pelo menos, *ele* se livrará delas e de suas conseqüências. Não acredita que aquilo que a psicanálise propõe seja muito diferente dessa sua idéia.

Não é por morbidez que projeta as imagens do passado em sua mente: acredita que representá-las novamente e mais uma vez, e mais outra, é procedimento mágico pelo qual se apossa delas e delas faz o que quiser.

Sorri.

Na manhã seguinte, descobre-se outra vez tomado pela obsessão com a idéia de encontrar o instante do passado em que a depressão pela primeira vez se manifestou. E o encontra, facilmente. Nunca o encontraria, na verdade, se já não soubesse qual fosse. Vinte anos antes. Está dando uma aula. Aos poucos, começa a ouvir a própria voz. Ouve sua voz que vem de algum lugar de seu corpo enquanto olha para a centena de alunos sentados na sala e os vê como se sua voz não fosse mais capaz de neutralizar a presença deles. Percebe, nesse instante, que até ali sua voz, sua fala, servira às vezes como um amortecedor contra a presença dos alunos, contra a presença de muitos alunos. Preocupado em formular um pensamento, prestando atenção ao que sua mente organizava para se apossar, no instante da fala, de um conhecimento que não imaginava deter, deixava de registrar de modo consciente (de modo agudo) a presença daquela centena de pessoas que não sabiam, a ampla maioria, por que estavam ali. Naquele dia, porém, sua voz deixara de funcionar como esse acolchoamento. Sua voz saía, estava dizendo alguma coisa, aparentemente o que *ele* dizia fazia sentido lógico mas o que dizia não o impedia de ter noção de que estava falando e que estava naquela sala e estava olhando para os alunos e vendo aqueles olhos vazios nos rostos dos alunos e vendo-se a si mesmo naquela sala falando aos alunos, como se estivesse ao mesmo tempo dentro de si e fora e acima de si. E *ele* se perguntou: O que estou fazendo aqui? *O que estou fazendo aqui?* O que estou dizendo para essa gente, que sentido tem tudo isto? Angustiava-se ainda mais por estar conseguindo expressar idéias e conceitos abstratos sobre assuntos exteriores a *ele*, distantes dele, ao mesmo tempo em que era tomado pela consciência lúcida de sua situação. Naquele mesmo instante teve tempo de recuperar uma imagem do passado — imagem que detestava, como tantas — e pensou que estava chupando cana e assobiando ao mesmo tempo. Estava separado de si mesmo, era dois, um seguia em seu ofício como uma máquina guiada por um piloto automático, uma máquina celibatária, e o outro via-se como uma casca vazia, esvaziada de tudo — esvaziada de sentido. Sua paixão pelo que fazia secara. *O que estou fazendo aqui?*

E seu coração disparou. As batidas se aceleravam a

intervalos cada vez mais curtos, tinha a impressão de que o coração explodiria e sangue seria expulso para fora de seu corpo por todos os poros e buracos. Um suor intenso brotou de todo seu corpo simultaneamente, da testa, do peito e das pernas. Grossas gotas de suor desciam pelo rosto, empapavam a camisa, grudavam o tecido da calça à pele da perna. Estava ofegante. Iria morrer em seguida, um ataque do coração. Como seria um ataque do coração? Deveria ser assim. O suor era abundante, impossível que não vissem o que se passava com *ele*. Continuou diante dos alunos dizendo o que dizia, tentando permanecer o mais imóvel possível para que a camisa não encostasse no corpo e se molhasse ainda mais, espreitando o indício da batida que seria a última de seu coração.

Terminou a aula, saiu pelas ruas, foi para casa e sentou-se na poltrona à espera — de alguma coisa. Da morte ou da cessação *daquilo*. E durante duas horas o coração bateu disparado, a quanto? 150, 170 pulsações por minuto? Como poderia o coração agüentar aquele ritmo por mais tempo?

E tão inesperadamente quanto se manifestara, a aceleração das batidas passou. Em alguns segundos o suor desaparecia, o sangue deixava de afluir todo para o rosto e tudo *voltava ao normal*.

Se tudo voltara ao normal, não iria ao médico. Fazer de conta que nada acontecera.

Dois dias depois, em outra aula, tudo se repete. E um dia mais tarde, primeiro uma vez por dia, depois várias vezes por dia, em momentos variados e inesperados. Exames do coração, testes de esforço, eletroencefalogramas, toda a bateria: nada de errado. Um médico arrisca encontrar uma disfunção numa válvula do coração, algo suportável, sem maiores problemas.

E depois, por anos seguidos, a taquicardia — agora já consegue chamar o fenômeno pelo nome apropriado — é um evento constante. Que não o assusta mais. Aprende a controlá-la, de certo modo: no início, o processo se iniciava e findava por si só quando seu motor, fosse qual fosse, esgotava seu combustível, meia hora depois, uma hora depois. Mais tarde, descobre por si mesmo a controlar o processo: não pode evitar seu acionamento mas pode encurtar sua duração. Sozinho, descobre como controlar em parte a respiração e fazer abortar o ritmo alucinado das batidas — na maioria das vezes. Nem sempre. Com a repetição da experiência, aumenta seu domínio sobre aquilo que insiste em escapar a seu controle. Pensa que poderia *evitar* que o processo se iniciasse — em vão. Consegue apenas encurtá-lo.

Durante anos convive com a taquicardia, mais intensa em certos períodos, quase inexistente em outros. Perde o medo ao mesmo tempo em que se declara consciente de que pode morrer a qualquer momento de um ataque cardíaco.

E então, vinte anos depois, descrevendo para o psiquiatra as perturbações físicas que já experimentara (e contava aquilo por desencargo de consciência, não achava que pudesse ter qualquer relação com a depressão), ouve o médico comentar de imediato, mais para si próprio, como se fosse algo que estivesse tão acostumado a identificar que não necessitava de mais detalhes: pânico. Síndrome do pânico.

Síndrome do pânico! Sente-se enormemente diminuído. Desmoralizado. Como poderia *ele* ser tomado pelo pânico, como poderia *ele* manifestar a síndrome do pânico, como poderia a síndrome do pânico manifestar-se nele? Tenta argumentar com o médico: como, se nunca tivera um medo mais concreto de morrer, de ser acometido por alguma doença? Como, se não era hipocondríaco? Não fugia das pessoas, não tinha medo de viajar, nem (durante muito tempo) da violência urbana, por que sentiria pânico?

O médico não se preocupa em tentar convencê-lo. Pânico. Pânico e depressão, o médico diz. Ou insinua. *Ele* entende que se trata de um "quadro clássico". Durante vinte anos ninguém levantara essa hipótese, durante vinte anos a ignorância alimentara cotidianamente aquela depressão, provavelmente com alguma conseqüência física, orgânica.

Nada disso lhe importava, apenas o fato de que nunca tivera nem uma fração do controle que acreditara deter sobre si mesmo, sobre sua vontade, suas reações. Importava-lhe a sensação de vazio sentida aquela tarde, na aula, quando viu de fora a si mesmo, com intensa e dolorosa lucidez, e foi obrigado a decretar o fim daquela paixão (supondo agora, *ele* pensa, que tenha sido mesmo uma paixão).

Fim talvez não daquela paixão, especificamente: de todas as paixões.

A sensação de casca vazia. Esvaziamento. Vira os alunos olhando para *ele*, na sala, como se estivessem em *sfumato*, por trás de uma tela de tule, transparente a ponto de deixar ver tudo do outro lado mas suficientemente densa para jogar sobre tudo um véu que tudo ressalta ao tudo disfarçar.

Viram os alunos que quem estava em *sfumato* era *ele*? Não.

Talvez.

Remói aquela recordação, movido por uma obsessão historicista de datar e localizar e mapear — como se identificar o gatilho da depressão fizesse alguma diferença. Dezenas de gatilhos à sua disposição. Dezenas.

O pânico. Conseguira sentir pânico, *ele* se diz. Tinha sido capaz de sentir pânico. Não era tão insensível como por vezes temera. Não era o autômato acabado cujas pegadas por vezes enxergava atrás de si. Reconhecer que sentira pânico não era uma sensação afinal tão desconfortável assim.

Está completa e assustadoramente sozinho. Algumas pessoas de seu círculo mais próximo parecem olhar para *ele* com um sinal de compreensão e apoio — e no entanto sente que esse sinal é uma bóia solta no oceano, sem âncoras: se tentar agarrar-se à bóia, a bóia afundará sob seu peso.

Não soube que seria sempre assim, que cada um é o responsável pela própria salvação, pela própria perdição? Preferiria não ter acreditado nisso antes?

E o medicamento não age tão rapida e profundamente quanto gostaria. Quanto precisaria. Tirou-o do chão, *a pílula*, descerrou a porta de aço que toda manhã baixava dentro da mente e, quase, na frente dos olhos, impedindo-o de ver qualquer coisa fora dele. Só isso. Restara ainda um fundo pegajoso no qual seu cérebro continuava preso como mosca em papel melado.

Os encontros com o psiquiatra não revelavam mais nada de novo sobre seu comportamento após a medicação. As observações do psiquiatra eram profissionais, estritamente profissionais, enquanto o que *ele* esperava era uma palavra de salvação imediata. Teria de esperar, o tempo e a sedimentação do remédio fariam seu trabalho.

Quanto tempo teria pela frente?

A possibilidade de reconciliação. Algum tempo antes, enfiara na cabeça, sem saber como, por quê, a idéia de que se conseguisse reconciliar-se com seu passado estaria no caminho de livrar-se da depressão. Agora, tem certeza de que não lhe interessa nada reconciliar-se com seu passado: quer *libertar-se* de seu passado. Enterrá-lo para sempre. O passado como uma carga pesada demais a arrastá-lo para o fundo.

Quer reconciliar-se com o mundo.

Como reconciliar-se com o mundo se o sol e o calor das três da tarde lhe são absolutamente insuportáveis? É esse calor que o gruda ao passado, é esse calor que o lança de repente no passado ao virar uma esquina. Por um instante brevíssimo mas suficientemente extenso para que sinta todo o desespero da viagem no tempo, o calor e o sol das três da tarde lhe lembram esse passado morno que *não pode ser o seu*. O calor e o sol da manhã ainda são suportáveis, mesmo ao meio-dia pode suportá-los. Mas o meio da tarde é como se fosse uma dobra na existência, um poço aberto para a vertigem, para o nada. Todo dia tem de encontrar forças, onde possível, para ultrapassar o meio da tarde. O pôr-do-sol, no verão, é a promessa do resgate iminente. E depois a noite, e à medida que a noite avança *ele* tem a impressão de que consegue localizar seu eu outra vez, em algum lugar dentro ou fora dele — mais provavelmente, fora dele —, e reconciliar-se com o mundo. À noite, o mundo o recebe de volta. Mas a noite é curta: por volta de uma, duas da manhã, *ele* sente — ainda — o impulso irresistível de enfiar-se entre os lençóis.

Inevitável ver-se a si mesmo como um vampiro. Um vampiro que chupa o próprio sangue. Pergunta-se por que não pensou no mundo, não em si próprio, como sendo esse vampiro a chupar-lhe o sangue interminavelmente. Mas sua depressão não é persecutória; não é o mundo que lhe extrai a seiva vital, é *ele* mesmo que se vampiriza.

E há uma embriaguez nessa autovampirização. Como em toda vampirização. *Ele* se compraz, não pode evitar de reconhecer isso. Outra vez. O comprazimento na vertigem. A depressão como uma vertigem, um enebriante, irresistível desejo de cair. A queda. A depressão como vertigem, quase um desejo de abandonar-se à queda, não resistir, entregar-se à própria fraqueza, deslumbrar-se com a voragem.

Gostaria de dormir no meio da tarde e acordar no crepúsculo.

Seu maior desejo, na depressão, é dormir. Dormir o quanto decidir dormir. A maior frustração: não conseguir dormir quando quer, quando precisa.

Por que este país, enterrado no calor dos trópicos, não adotou a prática civilizatória da *siesta*?, pergunta-se pela enésima vez. Se o país tivesse respeitado o costume mediterrâneo, *ele* agora teria no código genético um mecanismo que o desligaria automaticamente no meio da tarde e o desembarcaria, a salvo, quando o sol já começasse a fraquejar. Por si só, não conseguia introduzir em seu sistema aquela válvula de sobrevivência. E a neurose e a esquizofrenia antitropical do país, não podendo atacar o país, infiltravam-se como vermes de livro no interior das pessoas, no interior dele, para ali sobreviver devorando-lhes a alma.

Não permitir que seu próprio tempo fosse escandido pelo tempo dos outros, escolher seu próprio compasso temporal. Poderia fazê-lo, se insistisse.
Não insiste.

Como poderia insistir, se na depressão sente-se compelido a encaixar-se no tempo dos outros o tempo todo — para não se descobrir sozinho, para não se sentir em perda, para não sentir a perda? Tem de amarrar-se ao tempo dos outros, se quiser continuar vivo.

Para continuar vivo tem de fazer aquilo que o faz morrer várias vezes ao dia.

Não tem mais ânimo para sorrir superiormente de ironias como essa.

Em algum lugar lê que no estado de depressão (poderia ter dito "Em algum lugar lê que as pessoas deprimidas" ou, simplesmente, "Em algum lugar lê que os deprimidos"; mas o que diz é "pessoas no estado de depressão": quem *está em depressão* não *é* um deprimido; obviamente, tem medo das palavras; obviamente, continua sob o império do pensamento selvagem que lhe acena com a possibilidade maldita de tornar realidade aquilo que sair de sua boca), em algum lugar lê que no estado de depressão as pessoas se agarram às coisas — já que não conseguem agarrar-se a si mesmas, nem às pessoas — para sentirem-se vivas. Não *ele*. Não sente nenhum apego pelas coisas. Não está livre do tempo das pessoas mas está livre do tempo das coisas. Nada de material lhe é indispensável. Nunca como agora esteve tão livre da ascendência das coisas, dos objetos, das roupas. Livre das coisas. Livre dos objetos, livre da necessidade de guardar uma calça que usou em tal lugar do passado, livre da obsessão de guardar uma foto desta pessoa, livre dessa carga — pelo menos dessa.

Não consegue deixar de pensar que a depressão tem seu lado positivo. Um pouco de depressão não faz mal, pensa. A pílula iria estragar isso, iria devolvê-lo simplesmente ao estado anterior, com tudo de negativo nele implicado, ou corrigiria os desvios indesejáveis?

Novamente imagina que Benjamin pode ter razão: a depressão é vital à reflexão.

Lástima que ainda não consiga suportar essa idéia — as conseqüências dessa idéia.

(Felizmente não lhe ocorre que essa libertação diante das coisas, essa indiferença diante da sorte de objetos que lhe haviam sido caros — até jogara alguns fora, em depressão: livros estimados, objetos pessoais —, poderia significar indiferença diante de sua própria sorte: jogar-se fora.)

Os suicidas deixam cartas de acusação, ou não deixam nada, ou deixam cartas de agradecimento, havia lido em algum lugar. Deixar uma nota de agradecimento: não pensara nisso antes. Agradecer a todas as pessoas que de algum modo haviam contribuído para mantê-lo em vida enquanto isso havia sido memorável. Tanta gente a agradecer. Se morresse "naturalmente", não agradeceria a ninguém. Se desistisse de suicidar-se, não agradeceria a ninguém. Descobre um lado interessante do impulso suicida.

Para *ele*, há um livro que oferece a melhor representação imaginável do estado depressivo. Não está convencido de que se trata da representação mais justa, mais completa, mas há nela algo que o fascina: *A invenção de Morel*, de Bioy Casares, o amigo de Borges.

Um náufrago — se se recorda bem, esse náufrago tem problemas com a lei e por isso fizera aquela viagem interrompida; ou talvez não fosse náufrago mas alguém, um fugitivo, que escolhe deliberadamente aquele lugar — chega a uma pequena ilha que imagina deserta. Uma noite, dormindo ao relento, ouve vozes de pessoas, ruídos de copos, barulho de festa. Localizando a origem dos sons, observa de longe — receia revelar-se — pessoas que entram e saem de uma mansão, cujas luzes estão todas acesas como se a noite fosse de uma comemoração notável. O fugitivo apenas observa de longe, ansioso por revelar sua presença, conseguir ajuda, e ao mesmo tempo temendo as conseqüências de ser descoberto. Num certo momento, uma mulher afasta-se da casa e caminha em sua direção. O homem se esconde. A mulher passa perto dele e vai até a beira de um penhasco, onde queda contemplando o horizonte. No dia seguinte a cena se repete, e no outro. Angustiado pela solidão, uma semana depois (*talvez* uma semana depois, *ele* não se lembra mais ao certo da história) o fugitivo decide falar à mulher.

Espera que ela chegue ao penhasco e fala-lhe. Ela não responde. Parece não ouvi-lo. *Ele* se aproxima: ela não o vê. Ignora-o. Impossível não vê-lo mas é como se não o visse. Ela retorna à casa. Pior do que estar sozinho é ser ignorado, o homem percebe. Sua angústia aumenta. Durante o dia a casa parece vazia, ninguém se mostra; à noite, todas as noites, a casa se ilumina novamente. Desesperado, decide correr o risco e aproximar-se da casa numa daquelas noites. E o faz. Da janela, vê a mesa posta para um banquete, as pessoas vestidas elegantemente, ouve as conversas. Temerário, resolve entrar, quer descobrir tudo sobre aquelas pessoas. Esgueira-se para dentro da casa, observa a movimentação, toma todas as precauções para não ser visto. Entra num quarto. Uma mulher entra atrás dele, olha para o interior do quarto: não pode deixar de vê-lo mas ela fecha a porta e vai embora sem dizer nada. Entra em pânico. Foi visto, tem de sair dali. Refaz seu caminho de volta — e ao virar um corredor dá de cara com duas pessoas. Fecha os olhos (pelo menos é isso que *ele* se lembra ter lido), num gesto infantil de defesa, e as pessoas passam por *ele* conversando como se *ele* não existisse. Apavorado, foge numa corrida louca. Deve ser uma armação para levá-lo à loucura, para forçá-lo a entregar-se: poderiam prendê-lo se quisessem mas por alguma razão preferiam forçá-lo a entregar-se, implorar para que o prendessem. Ou inventaram punição maior: vão ignorá-lo. Aqueles ricaços em férias prolongadas haviam decidido divertir-se com *ele*, *ele* seria o passatempo da temporada: depois poderiam contar aos amigos a insólita aventura. Em vez de caçá-lo e matá-lo, como teriam feito alguns séculos antes, apenas iam levá-lo à loucura. Sonda a casa durante o dia, quando as pessoas parecem retirar-se para um esconderijo impossível de localizar. A piscina que na noite anterior vira resplandecente sob um luxo de luzes e arranjos está agora vazia e apodrecida, como se intocada há anos. Não era a piscina como a vira na noite anterior. A casa que vira lindíssima à noite agora surgia em ruínas. Na noite desse mesmo dia, porém, a casa, de longe, volta a brilhar no escuro em todo seu esplendor. Duas noites depois (*ele* não se lembra mais quantas noites são representadas no romance) volta à casa. Esconde-se para ouvir as conversas — e toma conhecimento dos planos de Morel, o dono do lugar. Morel inventara uma máquina inédita de gravar imagens. E convidara amigos especiais para passar uma temporada na ilha, conhecer a invenção. Antes de revelar-lhes seu segredo, gravara as imagens de todos ali durante uma semana: registrara tudo que haviam dito, feito, vestido, todos seus deslocamentos, tudo. Ficariam para sempre gravadas em fita as imagens de uma semana ideal vivida em delicada harmonia por pessoas que se queriam, pessoas no auge da vida. Um único problema: ao gravar as imagens das pessoas, a máquina aos poucos as matava com a radiação emitida (lembrava-se, aproximadamente, que a causa da morte era alguma irradiação). Aquilo não era exatamente *um problema*, era o que Morel procurava: imortalizar um estado perfeito, parar o tempo para repetir o tempo perfeito. Quando Morel revela seu segredo, não há mais nada a fazer, as pessoas já foram atingidas, a morte será inevitável. E Morel continua: uma aparelhagem perfeita, de moto-contínuo, depois da morte de todos iria projetar em moto-perpétuo, no espaço da ilha, as cenas gravadas, e as pessoas fariam os mesmos gestos que haviam feito ao longo daquela semana, e se encontrariam e se diriam as mesmas coisas eternamente, sem nenhuma mudança, sem nenhuma degradação, sem decadência. A intervalos, a máquina se ligaria a si mesma e as imagens seriam projetadas e reprojetadas ao infinito. Morel havia encontrado o caminho da imortalidade e se imortalizara com seus amigos. Que presente melhor poderia dar-lhes? Quando o fugitivo descobre o alcance da alucinação que vivera durante semanas, percebe que só lhe resta uma saída: vai regravar a projeção preparada por Morel, com uma modificação: incluirá a si mesmo na fita. Para fazê-lo, estuda como poderia mover-se entre aqueles fantasmas de modo a que depois, gravado, desse a impressão a um observador de fora que também *ele*, o fugitivo, fazia parte da cena. Ensaia todos seus passos e gestos, com uma marcação teatral, e decora as frases que teria de dizer para dar a ilusão de conversar com os outros. Prepara diálogos especiais para encenar com a mulher do penhasco, por quem se apaixonara: ouvindo as respostas fixas dela, cria falas para si às quais ela parece responder. Quando acredita estar imaginariamente integrado ao cenário, liga a máquina: passa uma semana gravando-se a si mesmo. Assiste à projeção: perfeita. Substitui a fita, acerta a máquina: passou para o lado deles. Sabe que vai morrer. Escreve sua história para a posteridade. Espera apenas que quem encontrar sua história e vir as cenas projetadas invente um processo que lhe permita penetrar

no céu de consciência da amada: seria um gesto piedoso...
Ele se lembra que o romance termina com essa frase.

Não consegue encontrar representação mais justa da depressão.

(Sente um desejo quase irrefreável de dizer que nunca encontrara representação mais adequada, não da depressão: da vida. Mas refreia esse desejo. Mais esse.)

E de repente uma lembrança se inscreve em sua mente: Morel era o nome do médico particular de Hitler. Bioy Casares saberia disso em 1941, quando seu livro saiu? Talvez. Talvez não.

O significado de certos nomes. O destino de certos nomes.

E então certa manhã, sem aviso prévio, ao acordar sente a cabeça arejada, como que expandida: como se entre um e outro átomo da cabeça (do cérebro) houvesse um espaço insuspeitado e por esse espaço corresse um fluxo de ar, uma corrente de ar fresco. É uma sensação de bem-estar físico: nunca antes, *nunca*, sentira a cabeça tão leve. Agora, pelo menos uma vez na vida, sabe o que quer dizer "cuca fresca". Nenhuma idéia obsessiva na cabeça, nenhuma nuvem negra turvando a vista interior, nenhuma lembrança a remoer negativamente.

Desanuviado.

Não havia outra palavra: desanuviado.

A sensação durou boa parte da manhã. Na tarde daquele dia a sensação de leveza, imponderabilidade da mente, havia desaparecido para não voltar mais, nem naquele dia nem no seguinte, nem no outro. Mas *ele* sabia, pressentia, que alguma coisa começara a mudar. O processo anterior se interrompera, sentia que o processo anterior se interrompera.

A experiência da primeira crise, meses antes, lhe dizia que a partir daquele ponto *as coisas iriam melhorar*. Um dia mais, outro menos, uma semana sim, outra não, seu estado de espírito tenderia a equilibrar-se.

Equilibrar-se sobre o quê?

Se fosse seguir sua inclinação mais sincera, teria de dizer: Equilibrar-se sobre o vazio, sobre nada, sobre coisa alguma — a uma altura tão grande que seria impossível saber se haveria uma rede de proteção lá embaixo. Essa rede deveria ser a pílula. Funcionaria? Não sabe.

Vai voltar ao que era antes? Mas o que era antes? E quer voltar ao que era antes? A resposta a essas três perguntas, *ele* acha, seria uma só: Não sabe. Não sabe se voltará ao que era antes, não sabe se quer voltar ao que era antes. Quase certamente não quer — mesmo se, por acaso, fosse possível. Não sabe o que acionou o mecanismo da depressão, portanto não tem como prever o retorno ou não ao que era antes, o retorno ou não da própria depressão. Um desequilíbrio de substâncias no cérebro, um trauma emocional, herança genética? Ou simplesmente uma inevitabilidade do *mundo moderno* gerador de vidas danificadas, um mundo que alimenta constantemente a insatisfação como única mola que o faz girar em seu processo sem destino e sem projeto que tem na autolamentação sua única justificativa? *Ele* não sabe. Sua certeza isolada é a sensação de completo desapossamento de si mesmo. Enquanto a poética freudiana manteve sua hegemonia cultural havia uma possibilidade de o homem tomar nas mãos sua própria sorte e *decidir* por este ou aquele caminho: a psicanálise não garantia resultados mas acenava com a hipótese do recurso à vontade como modo de tentar uma solução. Se a causa da depressão fosse genética ou química, pouco havia a fazer. A doença, se fosse doença, poderia ser corrigida — mas num processo no qual, a rigor, não tomaria parte: tudo se passaria sem a participação de sua vontade, e até mesmo contra ela, se fosse o caso. Se a causa fosse social — a vida moderna — teria de revelar-se um super-homem para tentar escapar do pântano geral. Onde estaria seu eu, numa hipótese ou na outra? Em lugar algum. Talvez não devesse mais preocupar-se com seu eu, seu eu seria tantos quantos fossem seus estados de espírito, a dissociação e redisposição de seus genes, se isso pudesse ocorrer, ou sua localização espaço-temporal.

Não mais um eu: todos os eus. Portanto, não mais eus. *Isso* poderia ser um alívio.

Desconfia que, com a pílula, o que acabaria acontecendo seria conformar-se, aceitar, resignar-se — mesmo sentindo-se, com a pílula,... feliz. Talvez não houvesse alternativa alguma — com a psicanálise, com a química, com a razão autônoma.

(Alguns meses mais tarde, *ele* veria, na National Gallery, em Washington, uma pintura menor de um pintor menor mas que o fez pensar — sobre si mesmo, sua condição e sobre o alcance real das pinturas menores e dos pintores menores. Não foi uma pintura, porém quatro. As quatro colocavam-se sob um único título: *A viagem, ele* se recorda. Como se recorda do' nome do pintor, de resto desconhecido: Thomas Cole, que pintou ao redor de 1840 as quatro enormes telas alegóricas, como era comum à época. *A viagem* mostra o percurso de uma mesma pessoa pela vida: na infância, na juventude, na fase adulta (na *adultice*, como *ele* costumava usar) e na velhice. Tecnicamente, as telas não são más. Alguns anos antes, as teria visto apenas como *kitsch*, pelo conteúdo: nem se deteria diante delas. Agora, reconhece que a técnica não é ruim. Na infância pintada, a pessoa, criança, navega num barco que sai de uma gruta escura tendo ao leme um anjo. Jovem, essa pessoa, um homem, continua no barco cujo comando assumiu sozinha; o anjo está à margem do rio, observando à distância; o rio faz uma curva à frente do barco e nesse ponto, lá em cima, entre as nuvens, o jovem vê um palácio evanescente. Típico, *ele* pensou. A terceira tela ocupa a terceira parede da sala: é a tela da adultice. A personagem é agora um homem adulto, de barba preta hirsuta, relaxada. O barco está visivelmente avariado — e simplesmente não tem mais leme. O homem mostra as mãos no gesto clássico de uma prece: o barco prossegue na direção de uma corredeira com pedras logo adiante; o clima é de tormenta e o anjo está quase oculto, no céu, no meio das nuvens, bem longe do homem no barco, longe de tudo que se passa lá embaixo. A quarta tela não o interessou (um ancião no mesmo barco agora decrépito, um rio calmo, o anjo novamente visível diante do velho). A terceira tela é que prende sua atenção: o barco segue solto numa corredeira, vai enfrentar uma queda entre as pedras, não tem mais leme e ao homem, um adulto, nada resta senão rezar, os olhos erguidos para o céu — se é que dá para ver seus olhos no meio daquela cara tomada pela barba descuidada, prolongamento dos cabelos. É isso, sempre foi isso, *ele* pensa. Tão claro! Por que não viu aquelas quatro telas antes? Teria entendido tudo — talvez. Tudo sobre a pintura menor e sobre tudo *aquilo*. E talvez não, talvez não tivesse entendido nada.)

Duas semanas depois daquela sensação da cabeça enfim atravessada por correntes de ar fresco, quem sabe três semanas, *ele* se descobre uma manhã cantando sozinho, em voz baixa mas em voz exteriorizada, não abafada dentro da cabeça. Levou um tempo até dar-se conta de que cantava. Cantava *novamente*, isto é. Quer classificar sua sensação, nesse instante, de tola: se não se censurasse, diria que naquele instante se sente como num musical da Metro, com Gene Kelly sorrindo em cores pastel para a câmera. Lembra-se da censura velada, quase irritada, do psiquiatra: por que não pode admitir sentir-se bem, que há de errado em sentir-se bem?

Mais alguns dias e consegue sonhar. Os sonhos voltaram, *ele* anota. Talvez nunca tenha deixado de sonhar naqueles meses todos. Mas, se sonhara, quase nunca se lembrara dos sonhos na manhã seguinte, quase nunca pressentira estar sonhando no momento em que sonhava. E isso era como se não tivesse sonhado. Provavelmente nunca, nos meses anteriores, mergulhara em sono suficientemente profundo ou suficientemente reparador para poder sonhar. Ou, quem sabe, sim. Mas para todos os efeitos — para os efeitos que busca —, alguns dias depois percebe que voltou a sonhar.

Quer ver nisso outro sinal de que a depressão se esvai.

Em todo caso, não precisa mais olhar para a cama como sua inimiga letal.

Alguns que também conseguiram sair do poço (por que "também"? *ele* saiu? *já* saiu?) recorrem, para expressar seu alívio, a metáforas que lhe parecem excessivas — no limite, falsas, desonestas. Melodramáticas. Melosas. "E então saímos para ver outra vez as estrelas." Em sua cidade, o céu não tem estrelas. Há décadas não há estrelas naquele céu sobre sua cabeça. Se há, ocultam-se sob a poluição. Ou se há estrelas, elas se mostram a *ele* como sempre se mostraram a todo mundo: luzes mortiças sobre um fundo preto que as devora pelas bordas, se o olhar se detiver num mesmo ponto por muito tempo.

Quatro semanas depois daquela sensação de leveza na cabeça, quem sabe três, tem a impressão de que, *com a pílula*, poderia vir a aceitar-se. (Hesita quanto ao tempo verbal: condicional, futuro do pretérito? Qual pode ser o futuro de um pretérito?) A sensação de conforto — não: de relaxamento, apenas — que lentamente se instala em seus nervos, nos músculos do peito (dos quais, na verdade, *ele* acha, não deveria ter consciência: se estivesse bem, não sentiria os nervos do peito), lhe diz que poderia vir a aceitar a loucura da sua vida. É o que *ele* acha. Serenidade e alegria? Improvável. Conviver com a loucura (da vida, *ele* gostaria de poder dizer: loucura da vida), talvez.

Um outro cenário possível. *Ele* não quer dizer "*apenas*

um outro cenário possível". Esse teria de ser *o* novo cenário.

Tem a impressão de perceber, de relance, que a paixão pela vida, a loucura da vida e a depressão com a vida são uma única e mesma fúria. Acredita que pode agora olhar essa fúria nos olhos. *Ele* ainda pertence a essa fúria. Acredita, talvez ingenuamente, que pode apossar-se dela.

Fruitless, *false*, é possível, mas de todo modo, tem a impressão de perceber, *fair to see*.

Outros títulos desta Editora

OBRA COMPLETA
Lautréamont

TRILHA ESTREITA AO CONFIM
Basho

A MALDIÇÃO DE SARNATH
H.P. Lovecraft

ALGUMAS AVENTURAS DE SÍLVIA E BRUNO
Lewis Carroll

FORDLÂNDIA
Eduardo Sguiglia

IMAGEM
Lucia Santaella Winfried Nöth

O BESTIÁRIO OU O CORTEJO DE ORFEU
Guillaume Apollinaire

A INVASÃO
Ricardo Piglia

À PROCURA DE KADATH
H.P. Lovecraft

O DIALÉTO DOS FRAGMENTOS
Friedrich Schlegel

VANGUARDAS LATINO-AMERICANS
Jorge Schwartz

POEMAS
Sylvia Plath

OCEANO-MAR
Alessandro Baricco

Este livro terminou
de ser impresso no
dia 30 de julho de 1998
nas oficinas da
Prol Editora Gráfica Ltda.,
em São Paulo, São Paulo.